REINHARD PELTE

Mordsee

TATORT SEE Kriminaloberrat Tomas Jung ist der Kieler Staatsanwaltschaft als Experte zugeteilt. Die Untersuchungen im Fall einer ertrunkenen Kadettin vom Segelschulschiff der Marine sollen endlich abgeschlossen werden. Begleitet wird er von der angehenden Kriminalkommissarin Charlotte Bakkens. Die intelligente junge Frau zweifelt ebenso wie Jung an der Beweisführung der Staatsanwaltschaft. War es doch kein Unfall? Die Ermittlungen führen sie bis nach Quebec. Trotz diverser Reibereien kommen Jung und Bakkens der Wahrheit immer näher – und geraten dabei selbst in tödliche Gefahr …

Reinhard Pelte wurde 1943 in Wernigerode geboren. Der Diplommeteorologe und Ozeanograf lernte die Welt durch zahlreiche Fahrten zur See kennen, unter anderem auf dem Segelschulschiff Gorch Fock. Reinhard Pelte ist verheiratet und hat zwei erwachsene Kinder, er ist Weinliebhaber und raucht hin und wieder eine gute Zigarre.

Bisherige Veröffentlichungen im Gmeiner-Verlag:
Tiefflug (2012)
Inselbeichte (2011)
Kielwasser (2010)
Inselkoller (2009)

REINHARD PELTE

Mordsee

Der fünfte Fall für Kommissar Jung

Original

GMEINER

Personen und Handlung sind frei erfunden.
Ähnlichkeiten mit lebenden oder toten Personen
sind rein zufällig und nicht beabsichtigt.

Besuchen Sie uns im Internet:
www.gmeiner-verlag.de

Im Ehnried 5, 88605 Meßkirch
Telefon 07575/2095-0
info@gmeiner-verlag.de

1. Auflage 2013

Lektorat: Claudia Senghaas, Kirchardt
Herstellung: Christoph Neubert
Umschlaggestaltung: U.O.R.G. Lutz Eberle, Stuttgart
unter Verwendung eines Fotos von: © PIZ Flottenkdo
Druck: GGP Media GmbH, Pößneck
Printed in Germany
ISBN 978-3-8392-1393-3

Für Norbert Schatz

INHALTSVERZEICHNIS

»It's all over now … Baby blue«
Rolling Stones

PROLOG

Die von Bord des Segelschulschiffs ›Gorch Fock‹ gestürzte Soldatin sei ohne Fremdeinwirkung gestorben. Das habe das vorläufige Obduktionsergebnis ergeben, teilte die Kieler Staatsanwaltschaft am Dienstag mit. Die Kadettin sei ertrunken.

Ein Fischereiaufsichtsboot hatte die Leiche am Montag 120 Kilometer nordwestlich von Helgoland geborgen. Die Offiziersanwärterin war unter ungeklärten Umständen im März über Bord des Segelschulschiffs gegangen. Die Marine hatte eine Woche später die gezielte Suche nach der Frau eingestellt. Die Bundeswehr hatte bei der Rettungsaktion unter anderem zwei Tornado-Flugzeuge mit Wärmebildkameras eingesetzt.

Die Frau war 20 Kilometer vor Norderney aus bislang ungeklärter Ursache über Bord gestürzt. Das Schiff stoppte jedoch erst nach etwa 1500 Metern die Fahrt. Zum Zeitpunkt des Unglücks fuhr die ›Gorch Fock‹ in der Deutschen Bucht zehn Seemeilen (rund 18,5 Kilometer) nördlich von Norderney unter vollen Segeln.

Nach Angaben der Marine war die Schiffslage trotz zwei Meter hoher Wellen und Windstärke sieben ruhig und stabil. Die Marine schloss Nachlässigkeiten bei den Sicherheitsmaßnahmen aus. Die Hoffnung, die Anwärterin noch lebend zu bergen, war von Anfang an gering.

Die Wassertemperatur lag bei 13 Grad. Seit 1958 starben fünf Kadetten auf dem Schiff.

*

Glücklich sieht anders aus sagt:

Die Matrosin hat schon vor ihrer Abreise ziemlich unglücklich dreingeschaut. Jemand, der sich wirklich auf die erste große Fahrt mit der ›Gorch Fock‹ freut, sieht m. E. anders aus.

*

Janina sagt:

Ihr seht alle nur dieses eine Bild, so war sie nicht. Sie hat sich wirklich gefreut, dorthin zu dürfen … Aber es ist ja auch ’ne etwas schwerere Sache, für eine Zeit Freunde und Familie erst mal hinter sich zu lassen, oder?

*

Reinhard Squarerigger sagt:

Wer auf Rahseglern gefahren ist, weiß, dass man an Deck bei Routinearbeiten, sail handling usw., sowie auf Seewache keine Schwimmweste trägt. Auch bei Arbeiten im Rigg trägt man keine Schwimmweste, allerdings einen Sicherheitsgurt. Absolut wichtig ist, dass man, besonders als Neuling, bei Sicherheitsbelehrungen genau hinhört und sich entsprechend verhält. Und immer dran denken: ›Eine Hand für dich, eine Hand fürs Schiff.‹

Auf Groß-Seglern fällt man normalerweise nicht so schnell über Bord, da die Schiffe in der Regel ein hohes Schanzkleid rundrum haben, außer auf der Back und achtern. An Deck liegt der Risikobereich besonders auf dem Vorschiff, vielleicht ist sie beim Ausguck über Bord gegangen. Deshalb sollte sich der Ausguck vorne immer mit Sicherheitsgurt einklicken. Was immer auch geschehen ist, dieser Todesfall ist zutiefst bedauerlich und ein tiefer Schock nicht nur für die Angehörigen, sondern für die gesamte Segler-Community.

Mein aufrichtiges Beileid den Hinterbliebenen.

*

Greenpeace sagt:

Wenn man keine Ahnung von der Seefahrt hat, einfach mal …

Es ist nicht möglich, gleichzeitig eine Schwimmweste und einen Lifebelt zu tragen. Ein Lifebelt ist unerlässlich, wenn man bei den Bedingungen ins Rigg will, und das war zu dem Zeitpunkt der Fall.

Windstärke sieben und zwei Meter Welle ist für ein Schiff wie die ›Gorch Fock‹ Alltag. Es ist tragisch, was passiert ist, aber Seefahrt ist und bleibt gefährlich.

*

Genervt von plumpen Aussagen sagt:

›Gorch Fock‹ schon mal in echt gesehen? Zwei Meter Seegang und Windstärke sieben sind kein Problem für so ein Schiff, und es kann dabei auch tatsächlich ruhig liegen. Rettungswesten sind nicht vorgeschrieben. So, und nu?

Nicht immer direkt meckern, sondern vielleicht mal sich kurz schlaumachen …

Vielleicht ist sie einfach gesprungen? Darüber schon mal nachgedacht?

*

Käpten Hook sagt:

Das Mädchen ist der fünfte Todesfall auf der ›Gorch Fock‹. Wann hört der Wahnsinn denn auf? Verschrottet das Schiff, ankert es als Postkartenmotiv im Hafen, aber holt unsere Kinder von diesem Unglücksschiff. Die BW sollte endlich mal aufhören, Steuergelder für so einen romantischen Irrsinn auszugeben.

*

Seemann sagt:

Spannend, was sich hier mal wieder für Klugkoter zu Wort melden, deren nautische Erfahrung sich auf die Kindheitserinnerung an eine Butterfahrt zu begrenzen scheint.

Die größte Lebensgefahr für über Bord gegangene Segler ist die Hypothermie, vor der auch keine Schwimmweste schützt. Bei Wassertemperaturen unter 32 °C ist ein gefährliches Auskühlen des Körpers nicht zu vermeiden. Bei 17 °C Wassertemperatur liegt die Überlebenszeit bei vielleicht zwei bis drei Stunden, selbst mit Neoprenanzug auch nur bei ca. vier bis fünf.

Die ›Gorch Fock‹ ist kein Motorschiff. Mal eben umdrehen ist nicht. Fahrt rausnehmen ist dabei noch das geringste Problem. Dann aber noch gegen den Wind zurückkreuzen und hoffen, den Matrosen auf Anhieb zu finden, ist das weitaus größere.

Je nachdem, wie schnell Lebensrettung vor Ort sein kann, hätte es sicherlich sein können, dass man die Matrosin noch hätte retten können. Ein Peilsender mag helfen, aber ist man auf See erst mal im Wasser, dann tickt die Uhr. Ein Garant fürs Überleben ist das in diesem Fall nicht im Geringsten.

Und zu den Wetterbedingungen: Windstärke sieben sind hervorragende Segelbedingungen, und zwei Meter Wellengang sind für ein Segelschiff vom Format der ›Gorch Fock‹ wie Kinderkarneval.

*

na und sagt:

Tragisch für die Familie, aber ansonsten – was soll's, täglich sterben zig Tausende, also abhaken und weiter geht's. Windstärke sieben und zwei Meter Wellen sind wirklich nicht heftig. Mal sehen, ob die Obduktion nicht doch ein Verbrechen oder Drogen an den Tag bringt.

*

Suzi sagt:

Die Kadettin ist ohne Fremdeinwirkung gestorben? Sicher, ertrunken ist sie allein, aber man (frau) fällt doch nicht einfach so über Bord.

Ich hoffe doch, dass die Staatsanwaltschaft da weiter ermittelt, denn immerhin ist es in der BW ja schon mehrfach zum Tode von Frauen gekommen, an denen ihre männlichen Kameraden die Schuld hatten.

JUNG

Der Fisch musste viele Kilo wiegen. Er nippte an einem Büschel Wasserpest. Dann wälzte er sich auf den Rücken, kam an die Oberfläche und öffnete sein Maul. In das runde Loch floss das Wasser wie in einen deckellosen Gulli.

Als Sylvesterkarpfen ist er nicht mehr zu gebrauchen, dachte Jung. Er lehnte über der Brüstung des Schlossgrabens und bewunderte, wie der Fisch behäbig seine Spielchen trieb. Jung staunte, wie viele seiner Artgenossen in dem Gewässer Platz hatten. Dazwischen schwammen kleine, elegante Torpedos herum, deren Namen er nicht kannte. Ein artesischer Brunnen in der Mitte füllte das Gewässer ständig mit frischem Wasser. Sein Plätschern hatte Jungs Aufmerksamkeit erregt und ihn von der Hofterrasse aufgescheucht.

Er richtete sich von der Brüstung auf und ging zurück in den Schatten der Kastanienbäume. Der Kies knirschte unter seinen Sohlen. Den Platz hatte er sorgfältig ausgewählt. Auf dem Tisch stand ein beschlagenes schlichtes Glas, aus dem ihn ein weißgoldener Rheingauer Riesling anfunkelte. Den kühlen Wein empfand er an diesem heißen Vormittag wie ein kostbares Geschenk.

*

Er liebte es, an Plätze zurückzukehren, an die er angenehme Erinnerungen knüpfte. Auch der Friseursalon in seiner Heimatstadt gehörte dazu. Es besänftigte Jung, das kühle Treppenhaus hinaufzusteigen, die Glastür aufzustoßen und das Straßengewühl hinter sich zu lassen. Oben empfing ihn ein Design, das vor Jahren einmal Avantgarde gewesen war. Der Meister verstand sich als Künstler, nicht nur als Haarkünstler. Jung glaubte zu verspüren, dass er lieber eine ambitioniertere, modernere Kunst bevorzugt hätte, ihn aber gewichtige Gründe daran hinderten. Er zog die Fäden im Hintergrund. Neben seiner Griesgrämigkeit leuchtete die Unbekümmertheit von Jungs Friseurin besonders hell.

Anika Bargenda! Schon der Name klang in seinen Ohren wie Musik. Sie war nicht aufgebrezelt, nicht so, als sollte man unbedingt an ihr selbst die Kunst ihres Handwerks und die perfekte Herrichtung weiblicher Äußerlichkeit bewundern. Sie war groß und stattlich und hätte die junge Mutti eines strammen Söhnchens sein können. Sie verstand es, ihm jedes Mal den richtigen Haarschnitt zu verpassen: kurz, sehr kurz.

*

Es gab viele Plätze, an die sich Jung zurückwünschte. Er fragte sich, warum seine Sehnsucht so stark war. War sein Beruf schuld daran? Er war Leiter des S-Kommissariats bei der Bezirkskriminalinspektion Flensburg. Vor der Neuorganisation hatte seine Abteilung ›Dezernat für unaufgeklärte Kapitalverbrechen‹ geheißen. Hatte sich außer dem Namen überhaupt etwas geändert? Für ihn nicht. Seine Kollegen nannten seine Abteilung jetzt ›Super- oder Scheiß-Kommissariat‹, je nachdem, wie groß ihr Neid war. Auch sein Chef war von der neuen Organisation unberührt geblieben. Holtgreve leitete die Behörde, als hätte sich gar nichts getan. Die Zuständigkeitsbereiche waren neu geschnitten worden. Die Arbeit war in bestimmten Bereichen mehr geworden und musste umverteilt werden. Viel Lärm um wenig, meinte Jung.

Normalerweise arbeitete er an ungelösten Fällen aus längst vergangenen Zeiten. Nur die unmittelbar Betroffenen, falls sie noch lebten, litten unter den Missetaten von Menschen, die die Polizei nie hatte fassen können. Aber auch eine späte Aufklärung lindert das Leid. Das war eine von den Gewissheiten, zu denen Jung im Laufe der Jahre gekommen war. Gelang es ihm, einen Schuldigen zu überführen und vor den Richter zu bringen, breitete sich bei den Beteiligten Erleichterung aus. Bei den unmittelbar Betroffenen stellte sich sogar Genugtuung ein, ein Ruhekissen, auf dem sie besser schliefen als davor.

Sein vorletzter Fall hatte 16 Jahre zurückgelegen. Sein letzter Fall war eigentlich gar kein Fall. Er war ihm nicht zur Aufklärung übertragen worden. Jung war da blindlings reingeschlittert. Sein Urlaub hatte sich zu einem Albtraum entwickelt. Er war Mittäter an einem Verbrechen geworden, das rund um die Welt noch immer für Schlagzeilen sorgte. Wenn ans Licht käme, wozu er sich hergegeben hatte, drohte ihm Entlassung. Aber auch nur dann, wenn ihm sein Glück hold war. Wenn nicht, erwarteten ihn Konsequenzen, die er sich lieber nicht ausmalen wollte.

Das Schlimmste war das Schweigen. Sogar Svenja gegenüber schwieg er. Als das Erlebnis noch frisch gewesen war, hatte er einen halbherzigen Versuch unternommen, seine Frau ins Vertrauen zu ziehen, sie aber zuvor gewarnt. Ihre Reaktion hatte ihn überrascht. Früher wäre er eine Wette eingegangen, dass sie sich anders entschieden hätte. Er gestand sich ein, dass er ihre Intelligenz noch immer unterschätzte.

Nach dem Urlaub empfand er seine Stellung als Leiter des S-Kommissariats, die er bis dahin als eine kuriose Schrulle des Schicksals dankbar hingenommen hatte, nicht mehr als so glücklich. Seine Ernüchterung hatte das Verständnis für die Beamten der anderen Kommissariate wachsen lassen. Seine Kollegen mussten sich der Einflussnahme fremder Autoritäten erwehren und sich mit enthemmten Medien herumschlagen. Und dafür hatten sie sich auch noch vor einer aufgebrachten Öffentlichkeit zu rechtfertigen. Wie kamen sie überhaupt damit zurecht? Darüber war nichts Genaues zu erfahren.

Jung fühlte sich zunehmend wie ein Fremder. Er kam sich schwerfällig, müde und mutlos vor und immer öfter wie ein kränkelnder Romantiker mit dem unheilvollen Hang zur Idylle. Er war zu der Einsicht gekommen, dass er damit recht hatte. Er war auf eine spezielle Art krank, gestand er sich ein. Der Urlaub hatte die letzten Zweifel ausgeräumt. ›Lerne, dich zu akzeptieren, wie du bist‹, sprach er sich Mut zu. ›Das ist gesünder und billiger, unterm Strich auch kräfteschonender‹, hatte seine Frau hinzugefügt. Nur langsam trugen die neuen Erkenntnisse Früchte.

*

Seine Vorliebe hatte ihn in den Rheingau geführt. Er gehörte schon lange zu seinen Lieblingsplätzen. Sein Autohaus hatte ihm die Erfüllung seiner Wünsche fast aufgedrängt. Während einer Routineinspektion hatten sie ihm einen Vorführwagen als Ersatz überlassen. Die Zeiten standen für Autoverkäufer gerade schlecht, was ihre Großzügigkeit mächtig stimulierte. Sie hatten ihm angeboten, das Luxusfahrzeug über ein paar Tage zu behalten und sich auf einem längeren Trip von dessen Vorzügen zu überzeugen. Jung hatte nicht lange überredet werden müssen. Das Auto war der Inbegriff deutscher Automobilbaukunst.

Bevor er sein Quartier bezog, war er nach rund 700 Kilometern Autobahn so entspannt aus dem Auto gestiegen, wie er zu Hause eingestiegen war. Leider hatte er sein Handy immer am Mann zu führen. Dienstanweisungen galten auch im Urlaub. Das war ein bitterer Wermutstropfen. Erst vorhin war eine SMS von der Inspektion eingegangen. Er hatte sie ignoriert. Wenn es etwas Wichtiges gewesen wäre, hätte man ihn zu sprechen verlangt.

Dieses Jahr hatte es sich ergeben, dass zwei seiner Wünsche in Erfüllung gegangen waren: eine Konsumentenschulung auf einem Spitzenweingut und ein Besuch des Rheingau Musik Festivals. Die Geigerin Baiba Skride gab ein Gastkonzert.

Er wollte eine dieser jungen Wundergeigerinnen schon immer mal live erleben. Die Kulturseiten und Feuilletons waren voll von ihnen, von der coolen Janine Jansen mit der Stradivari Barrere von 1727, der eigenwilligen Hilary Hahn, der blaustrümpfigen Julia Fischer und eben auch der unbekümmerten Baiba Skride. Man rühmte sie als bestens ausgebildet, technisch versiert, ehrgeizig, fleißig und vor allem vernünftig. Den Kritikern wurde bange bei so viel Vernunft, und sie machten sich Sorgen um das Leben dieser jungen Musikerinnen, das hauptsächlich aus Listen zu bestehen schien, listenweise Lehrer, Dirigenten, Orchester, Säle usw.

Jung hatte davon nichts gespürt. Die Fähigkeiten der jungen Frau und ihre Lust am Spiel hatten ihn begeistert.

Und die Schulung auf Schloss Vollrads? Er war schon vorher überzeugt, dass Rheingauer Rieslinge allen anderen Weißweinen vorzuziehen waren. Er musste nicht überzeugt werden. Er hatte den Verdacht, dass das die Absicht der Veranstaltung gewesen war. Er hatte nichts dagegen. Die Köstlichkeiten, die ihm kredenzt worden waren, schwemmten alle möglichen Einwände hinweg.

*

Er war allein. Jung ließ seine Blicke über die Grünanlage des Innenhofes schweifen. Eine Sprinkleranlage legte eine Wolke aus funkelnden Wassertropfen über die sorgfältig geschnittenen Rasenstücke und die verstreut gepflanzten Sträucher- und Blumenrabatten. Gestutzte Kastanien säumten die geharkten Kieswege.

Sein Auge blieb beim Blick durch das Hoftor hängen. Er schaute über hellgrün leuchtende Rebhänge hinunter ins Rheintal bei Hattenheim. Ein unbewegter Glast lag über dem breiten Fluss und tauchte die Rheininseln in einen durchsichtigen Schleier. Jenseits des Flusses, bei Ingelheim, ragten am Horizont ein paar bauliche Hässlichkeiten aus dem Dunst. Sie störten ihn.

Sein Glas war leer. Er fühlte sich gut und reckte sich in der Vormittagssonne. Dann machte er sich auf den Weg runter an den Fluss. Er kannte ihn von früher, als er im Rheingau Weinproben besucht hatte. Bei den Winzern in Hallgarten, Kiedrich und Rauenthal kaufte er seine Lieblinge und nahm die sonnenverwöhnten Köstlichkeiten mit nach Hause in den rauen Norden.

Zum Mittagessen würde er gerade rechtzeitig in Östrich-Winkel sein. Die Vorfreude auf den Gaumenschmaus beflügelte ihn, und er schritt kräftig aus.

*

Nach einer guten Stunde war er angekommen und nahm im Gastraum an einem Tisch vor dem Fenster Platz. Er fühlte sich wohl und war hungrig. Die Sonnenstrahlen brachen sich in den Buntglasscheiben und tauchten den Speiseraum in ein gedämpftes Licht. Nach dem gleißenden Sonnenschein in den Rebhängen tat der leichte Dämmer seinen Augen gut. Er genoss jede Minute.

Die Bedienung stellte ihm das Tagesmenü vor: gebackene Ziegenkäseschnecken, Artischocken, eingelegten Knoblauch und Basilikum Pesto, danach Rinderrückensteak in Spätburgunder-Zwiebelsauce, Mandelbrokkoli und Herzoginkartoffeln und als Dessert Reblochon mit Ananas Confit, karamellisierten Walnüssen und Lorbeer Brioche. Er willigte gern ein und wählte zur Einstimmung einen Schoppen 2003er Hattenheimer Hassel, Riesling Spätlese. Er war mit sich und der Welt im Einklang.

*

Das Vorspeisengeschirr war gerade abgetragen worden, als sein Handy klingelte. Er runzelte die Stirn. Auf dem Display las er den Namen seines Chefs.

»Jung.«

»Holtgreve hier. Moin. Ich muss Sie dringend sprechen.«

Das war das Letzte, was er jetzt wollte. Nichts konnte so dringlich sein, eine Unterbrechung seines Mittagsschmauses zu rechtfertigen. Er überlegte, wie er verhindern konnte, vorzeitig aus dem Urlaub geholt zu werden. Er musste Zeit gewinnen.

»Herr Holtgreve, ich kann zurzeit nicht frei sprechen. Rufen Sie mich bitte in einer halben Stunde wieder an.«

»Was heißt das? Sie ...«

Jung drückte die Unterbrechertaste, schaltete das Handy ab und atmete aus. Holtgreve hatte ihm gerade noch gefehlt. Jung war sich sicher, dass irgendetwas von oben auf den Leitenden herabgestürzt sein musste. Oben, das war der Polizeipräsident in Kiel. Für Holtgreve bedeutete das, hektisch in Aktion zu treten. Jung wollte sich nicht davon anstecken lassen. Es gelang ihm nur schlecht.

Nach dem Hauptgang hatte er eine Abwehrstrategie entwickelt. Das stimmte ihn wieder heiterer. Dennoch sah er davon ab, einen zweiten Schoppen zu bestellen. Und obwohl das Dessert wenigstens einen Michelin-Stern verdient hätte, war er nicht ganz bei der Sache. Der Anruf seines Chefs erinnerte ihn an seine Arbeit und die Bredouille, in die er sich kürzlich gebracht hatte.

Er sah auf die Uhr. Noch exakt fünf Minuten, bis die halbe Stunde vorüber war. Er leerte sein Glas und schmeckte der fruchtigen Säure hinterher. Dann war er so weit. Wie erwartet, läutete das Handy pünktlich.

»Jung.«

»Mann, was ist denn da los bei Ihnen?«

Holtgreves Aggressivität war unangebracht. Es ging ihn nichts an, was seine Untergebenen in ihrer Freizeit machten.

»Was kann ich für Sie tun?«, überhörte er Holtgreves Frage.

»Der Polizeipräsident hat mich angerufen.« Holtgreve machte eine Pause. Alles andere wäre wirklich eine faustdicke Überraschung gewesen, dachte Jung.

»Er will Sie unverzüglich sehen. Er hat Sie ins Innenministerium nach Kiel einbestellt.«

Jung kannte seinen Chef seit vielen Jahren, aber an seine Sprache hatte er sich nie gewöhnen können. Sie fiel ihm auf die Nerven.

»Was will er von mir?«

»Es geht um die ertrunkene Kadettin vom Segelschulschiff der Marine. Sie haben davon gehört?«

»Ja, ich habe davon gelesen. Aber ist der Fall nicht längst untersucht und das Verfahren eingestellt worden?«

»Das ist ja das Problem. Die Staatsanwaltschaft in Hannover ist in der Sache tätig geworden. Sie ist aber nicht zuständig. Der Heimathafen des Schiffes ist Kiel. Also muss die Staatsanwaltschaft in Kiel noch einmal ran.«

»Und was soll ich dabei?«

»Der Präsident wünscht keine Pannen mehr. Er will einen Experten auf dem Schiff und hat sich an Sie erinnert. Sie haben doch bei der Marine eine Wehrübung gemacht.«

»Und jetzt soll ich wieder dahin. Allein?«

»Der Generalstaatsanwalt hat angeordnet, seine SOKO einzusetzen. Sie, Jung, begleiten sie als Berater.«

Jung zuckte zusammen. Die SOKO des Generalstaatsanwaltes bestand aus zwei Staatsanwälten. Bei der Polizei waren sie bekannt als ›die Kettenhunde‹. Hinter vorgehaltener Hand war auch gern von Herrn Vulgär und Frau Dümmling die Rede.

»Gut.« Jung hatte sich gefangen. »Ich wohne in Eltville, Ortsteil Erbach. Schicken Sie mir ein Fax. Die Nummer können Sie in meinem Urlaubsantrag finden. Ich bin momentan unterwegs. Aber in einer Stunde kann ich aufbrechen.«

»Was? Wieso ein Fax? Was wollen Sie?«

»Ich brauche Ihre Anweisungen schriftlich. Das lernen wir doch schon als junge Beamte auf Probe, Herr Holtgreve. Ich brauche ein Papier, um meine Unkosten erstattet zu kriegen. Die Nummer können Sie dem Urlaubsantrag entnehmen«, erklärte ihm Jung noch einmal.

»Ja, ja, natürlich, Eltville …«

»Genau. Also, ich mach mich schon mal auf den Weg. Sobald Ihr Fax vorliegt, bin ich auf dem Sprung nach Flensburg. Sie können sich auf mich verlassen. Bis dann.«

Jung drückte die rote Unterbrechertaste. Er grinste und wartete anstandshalber auf einen möglichen Rückruf. Aber nur kurz. Jung war sich seiner Sache sicher. Holtgreve steckte in der Klemme. Der Gehorsam, den er seinen Vorgesetzten schuldig zu sein glaubte, und seine Eigenverantwortlichkeit kamen sich ins Gehege. Er würde sich nicht entscheiden, sondern die Angelegenheit aussitzen. Der Schwebezustand würde nicht lange dauern. In wenigen Tagen musste Jung wieder an seinem Schreibtisch auf Norderhofenden sein.

Ich tue Gutes, lobte Jung sich selbst. Ich vermeide Kosten, gebe nicht den neurotischen Überspanntheiten meines Chefs nach und rette meinen Urlaub. Ihn erfüllte Genugtuung. Er bezahlte seine Rechnung und spazierte am Rhein entlang nach Erbach. Es wunderte ihn nicht, dass im Draiserhof kein Fax für ihn eingetroffen war.

LANGE DAVOR

Es war ruhig. Jetzt, um die Mittagszeit, war nur die stehende Wache an Oberdeck. Die Matrosen dösten auf den Backskisten, lümmelten auf dem Mitteldeck, einige lehnten am Schanzkleid oder den Nagelbänken. Zum Glück gab es in dieser Crew keine Frauen, dachte er erleichtert. Erst ein lauter Befehl des Wachoffiziers, der achtern im Steuerbordwachstand auf seinem Holzbrett kniete und die Segelstellung beobachtete, würde die Kadetten aus ihrer Lethargie aufscheuchen, sie in die Wanten jagen und an die Schoten, Halsen, Fallen, Brassen und Niederholer. Die wachfreie Mannschaft blieb bei diesem Wetter unter Deck. Das Schiff segelte unter tiefen Wolken und mit einem steifen, achterlichen Wind querab Quessant im Eingang zum englischen Kanal.

Er mochte die Stunde nach dem Mittagessen. Nach dem Abbacken in der Offiziersmesse hatte er frei. Er verholte sich dann, so oft er konnte, auf das Achterdeck hinter das Kartenhaus und warf die Angel aus. Die Bank am Klavier hatte er für sich allein. Es war unnatürlich ruhig. Der enorme Druck auf die Segel stabilisierte das Schiff in der kabbeligen See. Nur der Atlantik Swell wiegte es sanft hin und her.

Für ihn waren Rollen und Stampfen angenehme Begleiterscheinungen seiner Arbeit. Sie versetzten ihn zurück in seine Jugend bei der Hochseefischerei. Das Leben damals war hart gewesen, aber befriedigend. Davon träumte er noch heute. Die Erinnerungen an seine Fahrten auf dem Hecktrawler ›Karl Kämpf‹ in den rauen Norden, die Dänemarkstraße, den Westfjord, zu den Lofoten und auf die Neufundlandbänke waren so frisch, als hätten sie erst gestern ihre stolzen Fänge an Kabeljau und Rotbarsch in Bremerhaven angelandet.

Seine Hände zitterten. Er zog den Flachmann aus der Brusttasche und nahm einen Schluck. Sofort wurde ihm wohler. Die Wärme beruhigte ihn und stimmte ihn optimistisch. Nur in seinem Kopf störte die stetig präsente Ermahnung seiner Mutter: ›Erwin, denk an deinen Vater. Trink nicht so viel.‹

Seine Eltern waren schon lange tot. Sein Vater starb zuerst. Seine Mutter behauptete, der Alkohol hätte ihn ins Grab gebracht. Wenige Jahre später war sie ihm gefolgt.

Aus den Augenwinkeln sah er, wie die Angelrute zuckte. Er sprang an die Rolle und kurbelte. Es konnte kein sehr großer Fisch sein, dachte er enttäuscht. Hier, vor der Bretagne, hatte er schon, wenn auch selten, weitaus kapitalere Fänge gelandet. Makrelen, Meeräschen, Franzosendorsche, sogar Wolfsbarsche hatte er am Haken gehabt. Einmal war ihm die Schnur gebrochen und die Beute entkommen. Er war der festen Überzeugung, dass nur ein riesiger Heilbutt das geschafft haben konnte. Sie hatten ihn deswegen ausgelacht, er aber war standhaft bei seiner Meinung geblieben. Es musste ein Heilbutt gewesen sein, trotz der Unwahrscheinlichkeit, ihn vor der bretonischen Küste anzutreffen.

Der Fisch ließ sich leicht an Bord nehmen. Mittel- und Ringfinger seiner rechten Hand behinderten ihn. In letzter Zeit waren die Finger immer krummer geworden und ließen sich nicht mehr strecken. Vielleicht sollte er den Schiffsarzt aufsuchen, dachte er flüchtig. Es war ein Hering. Er überlegte, was er damit machen sollte. Wieder zurück ins Wasser werfen? Nein, er würde ihn zum Räuchern in die Kombüse bringen und in ein paar Tagen verspeisen, spät am Abend, wenn alle an Bord schon satt waren, der Abwasch erledigt und in der Kombüse und der Pantry Ruhe eingekehrt war. Früher waren Heringe ein Arme-Leute-Essen gewesen, heute waren sie eine teure Delikatesse. Bei dem Gedanken an den seltenen Gaumenschmaus verflüchtigte sich seine Enttäuschung über das Leichtgewicht.

Er nahm noch einen Schluck aus dem Flachmann, hakte den Fisch ab, packte das Angelzeug zusammen und ging den Niedergang ins Offiziersdeck hinunter. Die Pantry gegenüber der Messe war sein Reich. Das Bordtelefon läutete.

»Steward … Ja, Herr Kap'tän …, ja, bin schon unterwegs.«

Die tägliche Besprechung der Offiziere in der Messe war vorverlegt worden. Heute war Donnerstag, und der Messeoffizier hatte ihn angewiesen, für den ›Seemanns-Sonntag‹ früher aufzubacken. In der sich tagtäglich wiederholenden Bordroutine war das wöchentliche Marineritual eine heilige Kuh. Man erwartete von ihm, dass er ihr die gebührende Aufmerksamkeit schenkte. Das hatte er schnell begriffen. Er verließ das Offiziersdeck durch das Plastikschott in Richtung Vorschiff. Das Schiff krängte nach Lee. Er turnte über das Mitteldeck nach vorn in den Kombüsentrakt.

»Wohin, Steward?«, rief ihn der Brückenoffizier an.

»Seemanns-Sonntag für die Messe, Herr Oberleutnant.«

»Ein Pott Kaffee würde mir jetzt auch guttun.«

»Wird gemacht, Herr Oberleutnant.«

»Beeil dich, Erwin! Wir wechseln gleich den Bug. Dass du mir ja nicht mitsamt dem Kaffee über Bord gehst.«

Der Ton des Offiziers gefiel ihm nicht. Wie alt mochte der Schnösel sein? 25, 26? Er war es gewohnt, von den Offizieren herumkommandiert zu werden. Er quittierte ihre Befehle mit gleichbleibender Freundlichkeit. Sie hatten sich daran gewöhnt und belohnten seinen stoischen Gleichmut, indem sie ihn ab und zu beim Vornamen riefen. Er schluckte sein aufflackerndes Unbehagen runter und beeilte sich, das Steuerbordschott vor der Back zu erreichen.

»Schon so früh, Erwin? Der Kaffee braucht noch Zeit«, begrüßte ihn der zweite Koch.

»Gib mir den Kuchen, Smut. Kannst nicht schon mal 'ne Kanne abfüllen? Der WO hat Kaffeedurst.«

»Weil du's bist, Erwin, arme Sau.«

»Selbst arme Sau, alter Wichser.«

»Ich leck den Herren aber nicht die Seestiefel, Erwin.«

»Dafür darfst du ihren Müll verklappen. Also mach schon, Smut. Beeil dich.«

Der Koch füllte den Kaffee ab, stellte Kuchen, eine große Tasse und die Kanne auf ein Tablett und reichte es ihm zu. Wortlos verließ er die Kombüse und arbeitete sich wieder nach achtern.

»Kaffee wie befohlen, Herr Oberleutnant.« Er drückte dem Wachoffizier den Pott Kaffee in die Hand und verschwand im Offiziersdeck.

Heute machte er sich in der Messe mehr Mühe als sonst. Vor der Mittagspause hatte ihn der Funkmeister wissen lassen, dass eine Mail für ihn eingegangen war. Nach dem ›Seemanns-Sonntag‹ werde der Fernmelder sie vorbeibringen. Er freute sich darauf. Sie würde von seinem Sohn sein. Er kannte sonst niemanden, der ihm eine Mail geschrieben hätte. Er stellte einen Strauß Kunstblumen, die er beim letzten Hafenaufenthalt erstanden hatte, auf die rutschfeste Tischdecke.

*

Nach dem Kaffee und Kuchen frischte der Wind auf und drehte auf westliche Richtungen. Regenböen zogen über das Schiff hinweg, und die Krängung nahm zu. Je weiter sie in den Kanal hineinsegelten, desto mehr nahm der Swell ab. Das Schiff lag stabil und ziemlich ruhig.

Er war allein in der Pantry. Er schloss die Tür zum

Gang und lehnte sich gegen den Kühlschrank. Bevor er das getackerte Papier aufriss, nahm er einen Schluck aus dem Flachmann.

*

›Hallo, Paps,

bei mir ist alles okay. Die Schule ist langweilig, aber ich habe kein Problem damit. In zwei Wochen komme ich an Bord. Weißt du schon genau, wann ihr in Kiel fest seid?

Ich habe jetzt ein Mädchen. Sie ist Offiziersanwärterin wie ich und in der gleichen Crew. Sie wird nach dem Abschluss Medizin studieren. Wir sind heute Abend verabredet. Ich muss mich beeilen. Die Wäsche muss noch gewaschen werden. Die Wohnung muss ich auch sauber machen. Ich erzähle mehr, wenn ich an Bord bin.

Gruß Momme‹

*

Die Mail war kurz, was ihn aber nur flüchtig verstimmte. Der Inhalt war umso erfreulicher. Sein Sohn würde Offizier werden. Er würde es besser haben als er. Und eine Freundin hatte er jetzt auch, eine Offiziersanwärterin wie Momme selbst. Eine Ärztin in der Familie würde sich nicht schlecht machen. Er wünschte sich, Gretchen würde das noch erleben können.

Wann immer er an sie dachte, hatte er ein schlechtes Gewissen. In den Jahren bei der Hochseefischerei hatte er sie allein an Land zurücklassen müssen. Als die Fischerei zusammenbrach und die Flotte abgerüstet wurde, hatten sie ihr kleines Haus an der Weser bei Vegesack verkauft. Sie waren nach Flensburg in eine Mietwohnung gezogen. Wenige Jahre später war sie gestorben. Die Ärzte meinten, an Herzversagen, er glaubte eher an Kummer. Denn ihr Tod fiel ins gleiche Jahr, in dem auch ihr Sohn als Decksjunge bei der christlichen Seefahrt angefangen hatte.

Nach der Fischerei hatte er als Steward auf Kreuzfahrtschiffen angeheuert. Die Seefahrt auf den Musikdampfern gefiel ihm nicht. Er passte da nicht hin. Seine Weitsichtigkeit zwang ihn, eine Brille zu tragen, die schrecklich große Augen machte. Zusammen mit seinen hageren, knochigen Einsneunzig, dem Panzerknackerkinn und den schütteren Haaren machte ihn das zu einer Figur, die eher auf ein Piratenschiff gepasst hätte als an Bord eines mondänen Kreuzfahrers. Er heuerte auch auf der ›Lili Marlen‹ an, einem luxuriösen Dreimaster für reiche Segelromantiker. Der Kommandant schätzte ihn, sah aber sofort, dass er anderswo besser aufgehoben war. Er ließ seine Beziehungen spielen und verhalf ihm zu einer Heuer auf dem Segelschulschiff der Marine. Er wurde als Messesteward eingestellt und war der einzige Zivilist an Bord. Eine Besonderheit, die sich die Marine gestattete und für die er wie geschaffen war.

Er war alt, nur noch ein paar Jahre bis zum Vorruhestand. Er wünschte sich eine Familie mit Enkelkindern, die er sich auf die Knie setzen und denen er Geschichten von seinen Reisen über die Weltmeere erzählen konnte. Das würde ihm auf seine alten Tage Freude bereiten.

DIENSTREISE

In der Nacht hatte der Regen nachgelassen und gegen Sonnenaufgang ganz aufgehört. Jetzt riss hier und da die Wolkendecke auf. Ein auffrischender Südwestwind trieb die Wolkenfetzen vor sich her. Es bestand berechtigte Hoffnung, dass sich in Kürze ein freundlicher Himmel durchsetzen würde.

Jung fuhr von seinem Haus im Süden Flensburgs in die Innenstadt. Er erfreute sich jedes Mal wieder am Anblick der neu gestalteten Hafenspitze, die das Ende des weit ins Binnenland ragenden Fjords einfasste. Die Polizei-Inspektion lag schräg gegenüber. Der neben dem Eingang angeschraubte Wegweiser zu den verschiedenen Dienststellen war nach der Neuordnung der Inspektion entfernt worden. Nur der blaue Leuchtkasten war übrig geblieben. Wenn er nicht gewesen wäre, hätte man in dem Gebäude eher ein kleines, feines und teures Hotel alter Pracht vermuten können. In Paris oder anderen französischen Städten fand man sie noch, ausgestattet mit edlen Stilmöbeln und schweren Teppichen. Aber zu Flensburg hätte das nicht gepasst. So stellte sich die Frage, wozu das Gebäude gedient haben mochte. Es musste aus der Gründerzeit stammen, die Stilrichtung war nicht eindeutig zuzuordnen. Die Fassade war reich ornamentiert. Simse, Steinmetzarbeiten und schmiedeeiserne Geländer vor Balkonen und Austritten zierten die Vorderfront. Vor einiger Zeit hatte es einen neuen, strahlend weißen Außenanstrich erhalten. Es hob sich deswegen vorteilhaft von der ebenfalls dekorativen Nachbarschaft ab.

Jung stellte sein Auto auf dem Parkstreifen im Innenhof der Kriminal-Inspektion ab. Er begrüßte den diensthabenden Polizisten in der Wachstube zum Treppenaufgang.

»Moin, Petersen.«

»Moin, Herr Jung. Wie war der Urlaub?«

»Kurz, Petersen. Zu kurz.«

»Ja, ja, das alte Lied. Ich nehme immer so viel am Stück, wie's geht.«

»Das ist gesünder, man sieht's Ihnen an.«

»Danke, aber ich glaube, das liegt eher am Urlaubsort. Ich fahre nie weit weg. Bin auch noch nie in einen Verkehrsstau geraten.«

»Wo gibt's denn das?«

»Ich mache Wohnwagenurlaub an der Nordsee. Eine gute Stunde von hier. Ich lass die Enkel raus und sehe sie dann nur noch zu den Mahlzeiten. Die schlafen wie die Seehunde. Sehr erholsam. Kann ich nur empfehlen.«

»Und sonst, nie was Schlimmes passiert?«

»Nee. Nur Sonnenbrand und Quallen im Bett. Die Schlingel schrecken auch vor nichts zurück.«

»Dann haben Ihre Enkel mit unserem Chef etwas gemeinsam. Er wollte mich aus dem Urlaub holen.«

»Er hat vorhin schon nach Ihnen gefragt.«

»Dann will ich ihn mal nicht länger warten lassen. Bis dann, Petersen.«

»Bis nachher, Herr Oberrat.«

Jung stieg das Treppenhaus hinauf bis in die Teppichetage, auf der der Leitende seine Bürosuite hatte. Wie immer, standen die Türen weit offen. Jung hatte sich abgewöhnt, über das Vorzimmer zu seinem Chef vorzudringen. Holtgreve rief ihn sowieso zu sich herein, sobald er ihn auf dem Gang hörte. Seine Witterung für die kleinste Bewegung und das geringste Geräusch war hoch entwickelt. Ihm entging einfach gar nichts.

»Kommen Sie rein, Jung. Guten Tag.«

»Guten Tag, Herr Holtgreve.«

»Schön, dass Sie da sind. Setzen Sie sich.«

Holtgreve sagte selten bitte. Sein Ton war von ungewohnter Zuvorkommenheit. Jung war gewarnt.

»Wir sprachen ja schon kurz am Telefon. Ich habe davon abgesehen, Sie aus dem Urlaub zu holen.«

»Danke, Herr Holtgreve«, unterbrach ihn Jung.

»Man tut, was man kann. Kontakte, verstehen Sie. Kontakte sind wichtig.« Holtgreve fuhr sich mit der flachen Hand über seinen kahlen Schädel. »Ich will nicht lange reden, die Zeit drängt. Sie sollen heute noch nach Kiel ins Innenministerium. Die SOKO des Generalstaatsanwaltes erwartet Sie dort nach dem Mittagessen.«

»Warum in Kiel und nicht in Schleswig?«, warf Jung ein.

»Ich vermute, Sie treffen vorher den Polizeipräsidenten.«

»Und was kann ich da noch Nützliches beisteuern?«

»Kleine Einsatzbesprechung, verstehen Sie? Alles Nähere erfahren Sie von den Staatsanwälten Halsbenning und Riedel. Brauchen Sie einen Dienstwagen?«

»Nein, danke. Ich fahre mit dem Zug. Die paar Schritte vom Bahnhof ins Ministerium werden mir guttun.«

»Richtig, und das Aktenstudium geht im Zug auch viel besser als im Auto, nicht wahr?« Holtgreve lachte. Man merkte ihm an, dass er selten lachte.

»Dienstwagen mit Fahrer ginge auch«, konnte Jung sich nicht verkneifen. »Aber gut, ich mach mich sofort auf den Weg. Gibt es noch etwas, das ich wissen muss?«

»Von meiner Seite nicht. Denken Sie immer daran, die Sache ist wichtig und verträgt keine weiteren Pannen.«

»Natürlich. Ich verstehe. Ich werde nur reden, wenn ich gefragt werde oder einen besonderen Anlass sehe. Sachliche Hinweise können manchmal ganz nützlich sein.«

»Sehr gut, Jung. Mir gefällt, wie Sie die Sache sehen. Morgen erwarte ich Ihren mündlichen Bericht.«

»Selbstverständlich, Herr Holtgreve.«

»Noch etwas, Jung. Grüßen Sie den Polizeipräsidenten von mir, falls Sie ihn sehen, okay?«

»Selbstverständlich.«

*

Jung betrat sein Büro an diesem Vormittag nicht mehr. Am Ausgang verabschiedete er sich von Petersen mit einem munteren: »Tschüs, Petersen. Ich mache schon wieder Urlaub.« Petersen wünschte ihm lachend gute Erholung.

Jung war sich da nicht so sicher. Die Gerüchte und Geschichten, die in der Landespolizei über Riedel und Halsbenning kursierten, besagten, dass sie nur mit stoischem Gleichmut zu ertragen waren. Das würde ihn Arbeit und Konzentration kosten, die er normalerweise lieber für seine Beobachtungen, Gedanken und Schlussfolgerungen verwendete. Er beruhigte sich mit der Aussicht, dass nicht unbedingt harte Arbeit auf ihn wartete. Schließlich war der Fall der ertrunkenen Kadettin schon einmal abgeschlossen worden. Es bestand begründete Hoffnung, dass sie nur zu bestätigen hatten, was unzweifelhaft und aktenkundig geworden war. Und als Berater brauchte er sich auch nicht daran zu beteiligen, machte er sich noch einmal klar. Insofern konnte aus seiner Aufgabe tatsächlich eine Art erholsame Pause vom Polizeialltag werden. Dass sie auf das Segelschulschiff mussten, daran bestand kein Zweifel.

*

Jung döste während der Fahrt vor sich hin. Er wäre beinahe eingeschlafen, wenn ihn nicht eine Horde Jugendlicher gestört hätte, die in Eckernförde zustieg. Sie bewegten sich so, als läge eine lange, bekiffte Partynacht hinter ihnen. Sie hielten angebrochene Dosen Bier in den Händen. Sie waren laut. Er war gezwungen, ihnen zuzuhören. Ein schlaksiger Jüngling machte den Wortführer.

»Eh, Alte, dein Ding-Dong schrillt.«

Die Meute lachte. Ein hübscher Teenager um die 18 fischte ein pinkfarbenes Handy aus ihrem knautschigen Lederbeutel und las mit einem Lächeln auf den Lippen eine SMS vom Display ab.

»Ha, supermegageil! Abspacken und abdancen. Eh, Alter, da verstehste nix von, wa?« Sie sah ihren Begleiter herausfordernd an und steckte ihr Ding-Dong wieder weg.

Was unterschied dieses Mädchen von der Kadettin auf dem Segelschulschiff?, fragte sich Jung. Sie hatten annähernd das gleiche Alter oder vielmehr das gleiche Alter gehabt, wie er sich sofort korrigierte. Die eine war quicklebendig und die andere mausetot. Und sonst? Die Unterschiede mussten enorm gewesen sein. War die Begegnung nicht eine Mahnung, sich nicht auf zu angenehme Tage einzustellen? Er hatte erst kürzlich mit Urlaubsgefühlen Erfahrungen gemacht, die er lieber nicht wiederholen wollte.

In Kiel verließ er den Hauptbahnhof in Richtung Fährhafen. Die verbleibende Zeit bis zu dem verabredeten Treffen war großzügig bemessen. Er schlenderte die Kaistraße und den Bollhörnkai entlang bis zu den Fährterminals am Schweden- und Ostseekai. Der Anblick der riesigen Schiffe stimmte ihn sehnsuchtsvoll und erfüllte ihn mit freudiger Erregung. Erinnerungen an die Zeit auf der Fregatte überschwemmten ihn. Als seine Arbeit auf dem Schiff beendet und er von Bord gegangen war, hatte er die See vermisst. Die Tiefe seiner Gefühle irritierte ihn. Aber sie ebbten an Land schnell ab und verliefen sich schließlich im Alltag. Jetzt kamen sie wieder hoch.

Er beschloss, den angenehmen Zustand noch eine Weile zu genießen und im Seaside 61 an der Kiellinie zu Mittag zu essen. Von hier waren es nur ein paar Schritte zum Innenministerium am Düsternbrooker Weg. Er konnte sich Zeit lassen. Minutenlang verharrte er im Anblick des Hafens und der Kieler Förde.

*

Halsbennings Kleidung war unspektakulär, von der Art ziviler Uniformen für Männer aus Politik und Wirtschaft, die sich in letzter Zeit immer öfter gestatteten, den Schlips zum Anzug wegzulassen. Für einen Mann war er ziemlich klein. Er wirkte aber nicht so. Sein runder, geschorener Schädel ruhte auf einem hageren, fast zierlichen Körper. Dennoch wäre niemand auf die Idee verfallen, den Mann zerbrechlich zu finden. Ihn umgab eine Aura von sportlicher Zähigkeit und Ausdauer. Den wirft so leicht nichts um, dachte Jung.

Während man an Menschen oft deren Präsenz rühmte, musste Jung bei dem Staatsanwalt das genaue Gegenteil beklagen. Er ließ seine Umgebung spüren, dass er eigentlich ganz woanders sein müsste und nur ein dummer Zufall ihn an seinen momentanen Aufenthaltsort geführt hatte. Aus blauen Augen musterte er Jung ohne Interesse.

Ganz im Gegensatz zur Staatsanwältin. Jung fühlte sich unter ihren Blicken angegriffen. Sie spießte ihn aus großen, grauen Augen regelrecht auf. Überhaupt war alles an ihr ziemlich groß und grob: Haare, Kopf, Nase, Mund, Brüste, Hände und Füße. Sie war nicht dick, aber ihre Konturen verschwammen unter viel Fleisch über starken Knochen. Sie legte auffällige Sorgfalt auf ein adrettes und gepflegtes Äußeres und ging mit Sicherheit oft zum Friseur. Anscheinend ist sie mit ihrer körperlichen Ausstattung unzufrieden, dachte Jung. Über einer weißen Businessbluse trug sie ihren taillierten Damensakko offen. Das Boss-Label an der Innentasche war nicht zu übersehen. Für einen Hauch von Rock'n'Roll sorgten enge, schwarze Designerjeans und halbhohe Stiefel mit niedrigem Absatz. Eine teure Uhr und zwei schlichte weißgoldene Ohrclips waren alles, was sie sich an Schmuck gestattet hatte. Sie roch nach einem würzigen Duft von Hermes, wie Jung sich zu erinnern glaubte.

Nach der gegenseitigen Vorstellung kam Halsbenning ohne Umschweife zur Sache.

»Der Generalstaatsanwalt hat Sie uns auf Anraten des Polizeipräsidenten zugeteilt. Sie haben Erfahrung in der Marine?«

»Ausreichend.« Der Staatsanwalt sah ihn skeptisch an. »Glaube ich jedenfalls«, fügte Jung lächelnd hinzu.

»Das wird sich zeigen. Wir haben in ähnlich gelagerten Fällen in der Vergangenheit noch nie einen Berater gebraucht«, winkte Staatsanwalt Halsbenning lässig ab.

»Darf ich erfahren, in welchen Fällen?«, fragte Jung dazwischen.

»Das gehört hier nicht zur Sache, bleiben wir lieber bei dem vorliegenden Fall«, flocht die Staatsanwältin ein. »Ich glaube, wir werden rasch fertig werden, mit oder ohne Ihre Mithilfe, Jung.«

»So sehe ich das auch«, pflichtete ihr der Kollege bei.

»Könnten Sie mich aufklären, Herr Staatsanwalt, *was* genau Sie in der Sache sehen?«, fragte Jung ruhig.

»Wie Sie wünschen. Es liegt bei der Untersuchung im Falle der ertrunkenen Kadettin ein formaler Fehler vor, den wir zu korrigieren haben. Das ist alles.«

»Sie ermitteln nicht noch einmal. Habe ich das richtig verstanden?«

»Die Vernehmungsprotokolle liegen uns vor. Sie sind nach wie vor gültige Bestandteile der Beweisaufnahme. Die Bewertungen treffen wir natürlich in Unkenntnis der Beurteilungen unserer Kollegen aus Hannover, offiziell jedenfalls. So, wie es aussieht, liegt der Fall ganz klar.«

»Daran gibt es nichts, aber auch wirklich gar nichts zu rütteln, Herr Jung«, ergänzte die Riedel.

»Sie werden also keine neuen Befragungen durchführen?«

»Lassen Sie es mich einmal so sagen: Wir werden tun, was wir tun müssen. Die Kadetten haben das Schiff längst verlassen. Der Aufwand, sie nochmals zu befragen, erscheint uns unnötig. Die Sachlage ist unseres Erachtens zweifelsfrei und unstrittig.«

»Und wenn sich doch Zweifel ergeben sollten?«

»Dann steht uns die Stammbesatzung zur Verfügung. Sie sind für die Schiffsführung verantwortlich, nicht ihre Zöglinge.«

»Und warum muss *ich* Sie dann auf das Schiff begleiten?«

»Weil der Generalstaatsanwalt das so entschieden hat«, antwortete Halsbenning genervt. »Ich darf Sie darüber hinaus noch einmal an das korrekte Prozedere erinnern. Danach sind wir gehalten, eine Untersuchung zu eröffnen und abzuschließen.«

»Offiziell und für die Akten. Sie als Beamter verstehen doch, was damit gemeint ist, nicht wahr?«, schob die Staatsanwältin hinterher.

»Ich kann Ihnen folgen, Frau Riedel.«

»Wie schön für Sie«, kommentierte sie Jungs Ironie.

»Das begründet aber nicht die sachliche Notwendigkeit meiner Anwesenheit an Bord.« Jung ließ sich nicht abwimmeln.

»Das haben nicht Sie zu entscheiden, Jung, sondern der Generalstaatsanwalt. Die juristisch exakte Abwicklung des Verfahrens überlassen Sie uns, dafür sind wir da und vom Generalstaatsanwalt autorisiert. Es ist zwar sein ausdrücklicher Wunsch, dass Sie uns begleiten, aber nur, damit wir bei der Marine auch die Damen-Toilette finden, wenn ich das mal so salopp formulieren darf.« Die beiden Staatsanwälte lachten los, als hätten sie ein Zeichen bekommen.

Jung fand es zwecklos, in der Sache weiterzubohren. Der Generalstaatsanwalt war Begründung genug. Für seine SOKO schien im Übrigen die Untersuchung gelaufen, bevor sie überhaupt begonnen hatte. Vielleicht lagen sie richtig mit ihrer Einschätzung. Ihm selbst waren schon ähnliche Gedanken durch den Kopf gegangen.

»Wo liegt das Schiff jetzt?«, fragte Jung.

»In Québec«, erwiderte die Riedel. Jung schluckte sein Erstaunen hinunter. Niemand hätte in seinem Gesicht ablesen können, was in ihm vorging.

»Wann reisen wir?«

»Morgen. Ein Fahrer holt Sie um neun Uhr zu Hause ab. Abflug in Hohn bei Rendsburg. Wir fliegen mit einem Bundeswehr Airbus, der auch eine neue Kadetten-Crew auf das Schiff bringt.«

»Bisschen plötzlich, finden Sie nicht?«, bemerkte Jung lakonisch.

»Wir sind hier nicht in Flensburg, Mann. Mag sein, dass es bei Ihnen da oben in der Einöde des Nordens etwas geruhsamer zugeht. Dieser Eindruck drängt sich uns manchmal auf. Waren Sie nicht bis gestern im Urlaub?«

Jungs gute Laune bekam einen ersten Dämpfer. Halsbenning musste das gespürt haben.

»Seien Sie nicht so zimperlich. Sie kommen auf diese Weise mal nach Québec, gratis sozusagen. Das kriegt nicht jeder in der Polizeiinspektion Nord geboten«, bemerkte er arrogant.

Nicht nur bei uns, du Schnösel, dachte Jung und grinste breit. Laut sagte er: »Bezirkskriminalinspektion Flensburg, Herr Halsbenning. Wir haben seit einiger Zeit einen neuen Namen.«

Die Staatsanwälte ignorierten Jungs Einwurf und machten Anstalten, sich zu erheben.

»Gibt es noch Fragen, Herr Jung?«

»Ja. Ich brauche ein Visum für die Einreise nach Kanada. Bis morgen wird das schwerlich zu beschaffen sein.«

»Machen Sie sich darüber keine Gedanken. Der Marine-Attaché in Ottawa ist informiert und angewiesen, das Nötige zu veranlassen. Sie dürfen nur nicht Ihren Pass vergessen. Alles Übrige bringt der Fahrer morgen mit.« Eine Art Grinsen kräuselte die Lippen des Staatsanwaltes.

»War's das?«, drängelte die Riedel.

»Im Moment, ja. Wir werden ja noch genug Gelegenheit haben zu reden. Falls das überhaupt nötig sein sollte.« Jung lächelte die beiden an und erhob sich.

*

Im Zug zurück nach Flensburg fragte er sich, warum er eigentlich nach Kiel gefahren war. Mit ihm wollten die beiden doch gar nicht reden, geschweige denn zusammenarbeiten. Die wenigen Informationen hätte er auch über das Telefon einholen können. Und das Getue zweier anmaßender Staatsanwälte musste er auch nicht haben. Vielleicht war es doch ganz gut, schwächte er seine Bedenken ab. Lieber früher als später, womöglich zur Unzeit, wenn etwas wirklich Wichtiges seine vollständige Aufmerksamkeit erforderte. Da war es besser, man wusste, mit wem man es zu tun hatte. Die Gefahr, in brenzligen Situationen als der Gelackmeierte dazustehen, verringerte sich dadurch erheblich.

Der überstürzte Abreisetermin machte ihm Sorge. Er hatte seine Frau, als sein Beruf ihn für längere Zeit ins Arabische Meer entführt hatte, schon einmal vor vollendete Tatsachen gestellt und sie damit allein gelassen. Sie hatte das zu seiner Erleichterung gut weggesteckt. Jung glaubte, seine Frau genau zu kennen, auch das, was er ihr zumuten konnte. Aber seit dem denkwürdigen Urlaub an der Algarve hatten ihn Zweifel befallen.

Früher hatte er sich auf seine Erfahrung, seinen Verstand, seine Vernunft und die guten Absichten, die er zu verfolgen glaubte, etwas eingebildet. Und nun war er gezwungen worden einzusehen, dass auch schon ein Hauch der verborgenen Gewalten, die ihn wirklich antrieben, genügte, seine vermeintlichen Tugenden bis zur Unkenntlichkeit zum Verblassen zu bringen. Sie verflüchtigten sich wie die Rauchkringel seiner Lieblingszigarre, die er sich ab und zu gönnte. Nur den Duft behielt er lange in der Nase.

Er hatte erfahren müssen, dass er nach den gleichen Regeln funktionierte wie diejenigen, denen er von Amts wegen das Handwerk zu legen hatte. Die Vorstellung, dass es nur auf die aus finsteren Quellen gespeiste, dumpfe Gewalt von Instinkten und Gefühlen ankam, ob man zu einem obskuren Schwerverbrecher oder einem öffentlichen Wohltäter avancierte, machte ihm Angst. In seiner Verzweiflung neigte er dazu, zwischen beiden keinen Unterschied zu machen und beide gleichermaßen widerlich zu finden.

Ihm graute vor den Menschen, und er litt darunter, dass er immer öfter in Fatalismus verfiel. Er machte sich Sorgen um sich selbst. Wenn er sich daran erinnerte, dass er einmal verliebt gewesen war oder sich vielleicht noch einmal verlieben könnte, schüttelte er nur den Kopf oder lachte höhnisch, je nachdem, ob er nüchtern war oder schon ein, zwei Gläser Rotwein intus hatte. Bei dem Gedanken an Flirts, Affären oder One-Night-Stands wurde ihm übel. Und nicht nur wegen seiner Ängste vor AIDS oder diversen anderen Krankheiten. Die Idee, einen Begleitservice zu engagieren, kam ihm absurd vor, ganz zu schweigen von Callgirls und Prostituierten. Er hätte das Geld dafür lieber ins Klo geschmissen.

Dabei sollte ihm der Umgang mit Menschen eigentlich vertraut sein und nicht Angst einjagen, warf er sich vor. Schließlich war es sein Beruf, in die Abgründe einzutauchen, aus denen sich kriminelles Tun erklärte. Es gab zu viele Grauzonen, in denen die Strukturen zerflossen und man sich auf schwammigem Boden bewegte. Und dabei musste er cool bleiben, wenn er seinen Job erfolgreich erledigen wollte. Die Grenzen zwischen strafbarem und tolerierbarem, zwischen verwerflichem und löblichem, zwischen öffentlichem und privatem Tun waren nicht eindeutig definiert. Das war ihm schon lange klar. Aber jetzt schien es ihm möglich, dass menschliches, ja sogar kriminelles Tun alles zusammen gleichzeitig sein konnte. Der Urlaub hatte seine Gewissheiten ins Wanken gebracht und ihn zutiefst verunsichert.

*

Als er seiner Frau erzählte, was ihn bedrückte, hatte sie ihn ausgelacht.

»Du willst ein guter Mensch sein. Und je mehr du dich anstrengst, desto unsympathischer bist du.«

Jung fand das gar nicht zum Lachen und erwiderte beleidigt: »Ich tue, was ich glaube, nötig zu haben.«

»Eben, das sag ich ja.«

»Warum bist du dann mit mir zusammen?«

»Weil ich schon so lange mit dir zusammen bin. Das ändert alles. Du könntest dich bemühen. Es gibt auch sympathische Polizisten.«

»Wer? Den möchte ich sehen.«

»Mir fällt gerade keiner ein. Aber der Borowski aus dem Kieler Tatort, der ist anders.«

»Fernsehen! Ach, du meine Güte! Was hat das mit der Wirklichkeit zu tun?«, reagierte er verächtlich.

»Borowski will kein guter Mensch sein, sondern die Bösewichte ans Messer liefern. Ich glaube, privat ist er ein totaler Widerling.«

»Du widersprichst dir selbst. Merkst du das nicht?«

»Ich sagte nur, dass er mir sympathisch ist.«

»Du magst also Widerlinge? Toll! Das beruhigt mich wirklich.«

»Er flößt mir Respekt ein, weiter nichts. Und das ist in meinem Alter schon ein echtes Wunder. Ich könnte mich in ihn verlieben.«

»Bei der ungesunden Figur? Na dann, prost Mahlzeit!«

Jung war verärgert, obwohl er objektiv keinen Grund dazu hatte, wie er aber erst später einsah. Er hatte das Gespräch beendet und schlief von da ab für einige Zeit noch schlechter.

*

Jung starrte abwesend in die vorbeihuschende Landschaft. Sein Grübeln hatte ihn an einen Punkt geführt, wo er sich gewöhnlich mit der stummen Rezitation eines Kirchenliedes tröstete: ›Mach End, oh Herr, mach Ende mit aller unsrer Not‹. Eigentlich wünschte er sich einen ganz anderen Trost.

Seit dem Halt in Eckernförde war er allein im Abteil. Als der Zug die Schlei bei Lindaunis überquerte, hatte die Landschaft endlich seine Aufmerksamkeit gewonnen. In den Hügeln Angelns unterteilte in Reihen gepflanztes Buschwerk die weitläufigen Wiesen und Äcker. Ganz anders als in Kanada, dachte Jung, sich an die allernächste Zukunft erinnernd. Wo werden wir da drüben überhaupt übernachten? Doch nicht etwa auf dem Segler? Für sie gab es an Bord aller Voraussicht nach keinen Platz. Zum Glück, wie er meinte. Für Nächte in einer Hängematte im Zwischendeck fühlte er sich zu alt. Sein Hang zur Bequemlichkeit wurde ihm wieder einmal bewusst. Don't worry, be happy, redete er sich gut zu. Bisher hast du noch immer passabel geschlafen. Warum sollte sich daran ausgerechnet jetzt etwas ändern?

In Flensburg fuhr er geradewegs nach Hause, ohne noch einmal in der Inspektion vorbeigeschaut zu haben.

DAS TREFFEN

Er steckte den Schlüssel in das Sicherheitsschloss, öffnete die Tür und stieß sie mit dem Hacken hinter sich zu. Vor der Garderobe ließ er seinen Seesack fallen und hängte sein Ballcap an den Haken. Es war still. Auf dem Weg in die Küche durchquerte er den Flur und das Wohnzimmer. Es roch muffig. Die Wohnung sah genauso aus, wie er sie verlassen hatte. Im Gegenlicht sah er Staub auf den Möbeln. Es musste sauber gemacht werden.

In der Küche nahm er sich ein Flensburger Pilsener aus dem Kühlschrank, öffnete die Flasche mit einem lauten Plopp und stellte sich ans Fenster. Er nahm einen tiefen Schluck und blickte versonnen auf die gegenüberliegenden Wohnblocks. Vor den Haustüren standen Fahrräder in den Ständern. Der Rasen zwischen den Häusern war gemäht worden. Zu seiner Zeit hätten sie darauf Fußball gespielt und einen Acker daraus gemacht, dachte er wehmütig. Von der Mürwiker Straße wehten Verkehrsgeräusche herüber.

Heute war Samstag und höchste Zeit, seine schmutzige Wäsche zu waschen. Er nahm noch einen Schluck aus der Flasche und stellte im Wohnzimmer Radio Nora ein. Die Oldies aus den 60er und 70er Jahren gefielen ihm. Die Beach Boys, die BeeGees, die Tremeloes und Supremes waren ihm vertrauter als die modernen

Popbands. Deren Musik klang in seinen Ohren immer gleich. Er konnte sich nicht einmal die Namen merken.

Er schleppte seinen Seesack ins Bad und kippte ihn vor der Waschmaschine aus. Der Geruch ekelte ihn. Früher hatte das seine Mutter besorgt. Das schien ihm eine Ewigkeit her zu sein. Sein Vater war weit weg. Wo trieb er sich gerade herum? Er wollte das gar nicht wirklich wissen. Bald würde er es zwangsweise erfahren. Das war ihm nicht lieb, aber leider unausweichlich.

Bevor er die Maschine befüllte, zog er sich aus und duschte. Er genoss es, sich einzuseifen und das Wasser über seinen Körper rieseln zu lassen. Danach stopfte er die abgelegte Schmutzwäsche in die Maschine und startete ein Vollwaschprogramm mit Vorwäsche.

Er drehte sich um und musterte sich kritisch im Spiegel. Sein Body war in Ordnung, fand er. Kein Fett, nur Muskeln, nicht zu viel, aber genug, um mit seinen Kameraden mithalten zu können. Ein paar mehr Zentimeter an Körpergröße wären wünschenswert gewesen, vielleicht irgendwo zwischen einsachtzig und einsneunzig. Aber dagegen war nun einmal nichts zu machen. Dafür schmückte seinen Kopf eine dichte, lockige Mähne. Und auch unten herum war er gut bestückt. Er vergewisserte sich seiner Männlichkeit unter der täglichen Gemeinschaftsdusche unauffällig, aber immer wieder.

Zu einer festen Freundin hatte das bisher nicht gereicht. Aber er war zuversichtlich. Ellen hatte auf seine schüchternen Annäherungsversuche freundlich reagiert. Er fühlte sich zu ihr hingezogen. Er wusste nicht, warum. Ihr Sexappeal war eher zurückhaltend, ihre Figur nicht gerade aufregend.

Ellens Eltern waren zum öffentlichen Gelöbnis gekommen und hatten hinterher mit ihnen gefeiert. Sie waren nett und aufmerksam gewesen.

Er beneidete Ellen. Wenn er vor ihr stand, hatte er Mühe, cool zu bleiben. Sie hatte etwas an sich, dem er sogar aus der Ferne erlag. Seine Befangenheit störte ihn. Aber er konnte nichts dagegen tun.

Ellen würde nach der Grundausbildung Medizin studieren. Zu seinem Leidwesen hatte sie auf dem letzten Crewtreffen den ganzen Abend im Gespräch mit diesem eingebildeten Idioten aus Landshut verbracht. Er beruhigte sich damit, dass nichts weiter gewesen war. Andernfalls hätte er es ganz sicher gemerkt.

Als er an den Abend zurückdachte, bekam er eine Erektion. Er schaute wohlgefällig in den Spiegel und nahm sie in die Hand. Zurück im Wohnzimmer, suchte er sich einen Porno aus der DVD-Sammlung und schaute auf dem großen Flachbildschirm zu, wie ein Mann ein Mädchen verrückt machte. Es dauerte nicht lange, bis er die Augen schloss und sich sein Gesicht verzerrte. Der Anblick seines sämigen Ejakulats auf dem Couchtisch erheiterte ihn und machte ihn stolz.

*

Er musste seinem Vater dieses Wochenende eine Mail schreiben. Er würde ihm von sich und seinen Fortschritten an der Marineschule berichten und ein bisschen dazufantasieren, zum Beispiel, dass er jetzt eine feste Freundin habe und dass es ihm gut ginge. Das war nicht völlig aus der Luft gegriffen. Sein Vater mochte das. Es beruhigte ihn. Und er selbst fühlte sich auch besser, wenn sein Erzeuger nicht bei jeder Gelegenheit anrief und sich nach ihm und seinen Angelegenheiten erkundigte.

Sein Vater war ihm ziemlich egal. Er war froh, dass er zum Gelöbnis nicht angereist war. Es hatte ihn davor bewahrt, ihn Ellens Eltern vorstellen zu müssen. Schon allein sein Familienname war ihm peinlich: Ochsenknecht. Wer hieß schon freiwillig Ochsenknecht? Wenn er nicht den berühmten Schauspieler als Namensvetter gehabt hätte, wäre er vollends daran verzweifelt. Aber auch die ewige Nachfrage, ob er mit ihm verwandt sei, ging ihm tierisch auf den Sack. Wenigstens sein Vorname stimmte. Momme hörte sich irgendwie gut an, jedenfalls im Gegensatz zum Vornamen seines Vaters. Er hätte sich lieber erhängt, als Erwin Ochsenknecht zu heißen.

*

»Wer denn, Ellen? Der nette junge Mann von neulich Abend? Den solltest du festhalten.« Sie spülte, den Kopf vornüber gebeugt, die Gläser unter heißem Wasser sauber.

»Mama, du nervst.« Ellen sah mit verdrehten Augen gegen die Küchendecke.

»Waren seine Eltern eigentlich nicht dabei? Ich hab sie gar nicht gesehen.«

Ellen schüttelte den Kopf und polierte verbissen die Gläser, als ginge es darum, sie für ein Galadinner herzurichten.

»Ellen, hast du auch wirklich alles?«

»Was meinst du, Mama?«

»Ich habe mich um deine Wäsche gekümmert. Ich denke, das war längst überfällig. Sie ist fertig.«

»Mama, du denkst?«

»Was soll das denn, mein Kind? Natürlich!«

»Dann denk doch mal an mein Alter.« Sie stellte das Glas ab, schmiss das Trockentuch auf den Küchentresen und verließ fluchtartig die Küche.

»Ich hab auch deine Blusen gebügelt. Sie hängen an der Tür in deinem Zimmer«, rief sie ihrer Tochter hinterher.

Im Wohnzimmer ließ Ellen sich mit einem Seufzer in den Ledersessel fallen.

»Sie macht sich Sorgen«, hörte sie ihren Vater hinter der Zeitung murmeln.

»Was?«

»Ich habe gelauscht.« Er senkte die Zeitung und sah seine Tochter an.

»Ach, Papa. Mir hängt ihre ewige Kümmerei zum Hals raus.«

»Sie meint es nur gut.«

»Ich weiß, ich weiß. Kann sie mich nicht mal in Ruhe lassen?«

»So ist sie eben. Sie sorgt sich um dich. Du kennst sie doch.«

»Papa, ich bin jetzt alt genug, habe Abitur gemacht und treibe mich schon seit einiger Zeit unter den Jungs von der Marine herum. Das sind keine Chorknaben, das kannst du mir glauben. Ist mir was passiert?«, fragte sie empört. »Nein«, antwortete sie selbst.

»Ich weiß, was du dir da aufgehalst hast. Gegen meinen Willen übrigens«, erwiderte er mit gekünstelter Strenge. »Ich hätte dir dein Studium auch finanziert, das weißt du.«

»Ich weiß, Papa. Schule, Uni, Papas Praxis. Tolle Karriere. Und wie aufregend!«

Der Hohn in ihrer Stimme verletzte ihn.

»Du hättest eine sichere Existenz gehabt. Das sollte man heutzutage nicht verachten, vor allem als Frau.«

»Sicherheit! Papa, nun hör doch endlich mal auf damit.«

»Schon gut, du wolltest es so und nun hast du, was du wolltest. Auch die Besorgnis deiner Mutter übrigens. Damit musstest du rechnen. Also beschwer dich nicht.«

»Ich beschwer mich doch gar nicht. Aber ich bin erwachsen und will auch so behandelt werden, verstehst du?«

»Ich versteh dich ja, Liebes.« Er faltete die Zeitung zusammen und legte sie beiseite.

»Was gibt's denn überhaupt so Besonderes?«

»Gar nichts«, erwiderte sie wegwerfend. »Ich treffe mich mit einem aus meiner Crew. Bisschen essen, trinken und quatschen. Sie macht da gleich ein Riesending draus. Als wollte ich heiraten oder so was Ähnliches.«

Er lachte. »Willst du meinen Wagen haben?«

»Oh ja. Das wäre klasse.«

»Okay, nimm ihn.«

Sie lächelte ihren Vater an. Er lächelte zurück und sah ihr liebevoll in die Augen.

»Bald bist du auf hoher See. Wann geht's los?«

»Montag in 14 Tagen. Hoffentlich kommt Mama nicht auf die blöde Idee, eine Familienabschiedsparty zu veranstalten.«

»Ich werde das zu verhindern wissen, falls sie das planen sollte. Du kannst dich auf mich verlassen.«

»Gott sei Dank. Ich freu mich schon riesig auf die ›Gorch Fock‹.«

»Hoffentlich sagst du das hinterher auch noch. Der Abschnitt soll ziemlich hart sein, erzählte mir dein Ausbildungsleiter.«

»Gerade deswegen. Da kann ich mal richtig ranklotzen und zeigen, was ich kann. Die werden sich noch die Augen reiben.« Sie lehnte sich in ihren Sessel zurück und lächelte versonnen.

»Wo ist Mama überhaupt?«, fragte er unvermittelt.

»Wenn sie nicht gerade ihre Bulthaupküche wienert, steckt sie sicherlich im Garten, wühlt in ihrem Kräuterbeet oder beschnipselt das Rosenspalier.« Ellen stand auf und sah sich unschlüssig um.

»Sei nicht ungerecht, Ellen. Ich mag nicht, wenn du so redest.« Er erhob sich aus seinem Sessel, ging auf seine Tochter zu und umarmte sie. »Ist doch alles okay, mein Liebes«, flüsterte er ihr ins Ohr und drückte sie an seine Brust. »Holst du uns ein Weizen aus der Küche? Ich habe Durst.«

»Ja, Papa, gern.«

*

»Gehen wir vorher etwas essen?«, fragte er unsicher.

»Okay. Wohin?«

»Sag, wohin du willst.«

»Zum besten Italiener, den ich kenne.«

Er zögerte.

»Kennst du überhaupt original italienische Küche?«, wollte sie wissen.

»Ja, ja. Doch. Kenn ich.«

»Und? Zu teuer oder was?«

»Nein, nein. Überhaupt nicht.«

Es entstand eine Pause.

»Wo ist denn dein bester Italiener?«, fragte er und kam sich dämlich vor.

»In Sonwik. Direkt an der Förde. Du sitzt fast im Wasser. Kennst du es nicht?«

»Nein.« Er zögerte. »Kann ich dich abholen?«

»Ich komme selbst mit dem Auto.«

»Oh«, kam es ihm ungewollt über die Lippen. »Wann?«, fragte er schnell.

»20 Uhr. Bis dann.« Sie hängte auf und verdrehte die Augen. Was sollte das denn nur werden?

*

Er ärgerte sich. Ihre Eltern hätten es wahrscheinlich lieber gesehen, wenn er sie zu Hause abgeholt und wieder zurückgebracht hätte. Sonwik hörte er zum ersten Mal. Wo lag das überhaupt? Aber das würde das kleinste Problem sein. Er schüttelte seinen Ärger ab und ging ins Bad.

Wie spät war es? Er sah auf die Uhr. Noch genug Zeit für ein Bier vorweg, dachte er. Was sollte er heute Abend anziehen? Lässig und cool wollte er aussehen. Er griff nach seinen frisch gewaschenen Jeans, einem weißen kurzärmeligen Poloshirt und seinem Lieblingspullover. Seine ausgeprägte Muskulatur kam in dem Hemd gut zur Geltung. Und der dunkelgraue Pullover, lässig über die Schultern geworfen, würde von Sportlichkeit, Respekt und zurückhaltendem Geschmack zeugen. Er verabscheute aufgeblasene, bunte Kleidung. Das modische Geckentum vieler seiner Artgenossen stieß ihn ab.

Er würde sich nie freiwillig mit einem Männerduft einsprühen. Das erinnerte ihn an Schwule, mit denen er nichts zu tun haben wollte und in deren Gesellschaft er sich unwohl fühlte. Nicht einmal in eine auch nur andeutungsweise zu vermutende Nähe zu ihnen wollte er gerückt werden können.

Als er sich im Spiegel betrachtete, war er mit seinem Outfit zufrieden. Er ging in die Küche und angelte sich eine Flasche Flensburger Pilsener aus dem Kühlschrank.

*

Sie hatte sich verquatscht. Nach dem Telefonat mit ihrer Crewkameradin hatte sie auf die Uhr gesehen und feststellen müssen, dass es höchste Zeit war. Schnell gestattete sie sich noch einen Spritzer ›Un jardin sur le toit‹, ein Luxus, den sie sich nicht immer gönnte und der sie auf einen gelungenen Abend einstimmen sollte. Dann angelte sie ihre Lieblingsjacke vom Garderobenhaken und eilte nach draußen. Sie mochte den großen Wagen. Er hatte Power und sportliche Eleganz. Zum Glück waren es nur ein paar Kilometer bis nach Sonwik. Dennoch musste sie sich beeilen.

DIE PRAKTIKANTIN

»Steigen Sie ein und machen Sie die Tür zu. Wir sind spät dran.«

Der Glatzkopf neben dem Fahrer hatte also das Sagen, dachte sie und tat, was von ihr verlangt wurde. Die Frau auf dem Rücksitz neben ihr schwieg. Die Begrüßung war sehr kurz gewesen. Danach hatten sie kein weiteres Wort mehr miteinander gewechselt.

Sollte sie sich nun freuen oder nicht? Sicherlich hatte ihr alter Ausbilder den Job eingefädelt. Sie hatte bei ihm einen Stein im Brett. Sogar ihren Kollegen war das aufgefallen. Sie schmierten ihr das gern aufs Brot. Zum Schluss hatte er einen besonderen Bonbon für sie gehabt, wie sie ihm wohlwollend unterstellte. Sie selbst war sich nicht so sicher, ob es wirklich ein Bonbon werden würde.

Absolut sicher war nur, dass sie zur Polizei wollte, zur Kriminalpolizei, um ganz genau zu sein. Sie war aus der Vorschule geflogen. Ihre Eltern empfanden ihren Rausschmiss als Makel, als eine Niederlage, die sie ihr übel nahmen. Sie waren wütend geworden und hatten sie bestraft. Sie selbst empfand ihn als eine Art Sieg, den sie aber lieber nicht hätte einfahren müssen. Die Erinnerung daran trieb ihr die Tränen in die Augen. Sie wollte partout nicht mehr daran denken. Wenn es sich aber nicht vermeiden ließ, flüchtete sie sich in einen trotzigen Stolz.

Seitdem war kein Wunsch jemals wieder so stark in ihr geworden.

Schon im Sandkasten waren ihr die zickigen Gören mit Zöpfchen und bunten Klamotten zuwider. Sie raufte sich gern, verlor aber bald jedes Interesse an ihren heillos unterlegenen Gefährtinnen und sah sich nach anderen Spielmöglichkeiten um. Jungs fand sie nicht interessanter. Sie versuchte zur Abwechslung, sich selbst das Lesen beizubringen. Ziemlich mühsam und ohne durchschlagenden Erfolg. Von den Anstrengungen erholte sie sich auf dem Skateboard. Der Balanceakt auf dem Brett machte ihr Spaß. Das Gefühl, etwas Kompliziertes bewegen und lenken zu können, begeisterte sie. Es dauerte nicht lange, bis sie das Board beherrschte und akrobatische Fähigkeiten entwickelt hatte. Nur mit dem Lesenlernen haperte es noch immer. In der Vorschule sollte es endlich klappen, hatte sie gedacht, und sie fieberte dem ersten Tag entgegen.

Ihre Enttäuschung hätte nicht größer sein können. Gemütliches Frühstück im Stuhlkreis war nicht das, was sie wollte. Nicht diese bemüht lächelnden Kuhgesichter, die mit ihr redeten wie mit einem Kuscheltierchen. Alles schön langsam und ruhig, nur keine Action, damit auch der letzte Trottel folgen konnte und ja nichts Schlimmes passierte. Es passierte aber auch nichts Gutes. Wie sollte sie in diesem Hühnerstall lesen lernen? Schnell, vor allem.

Das Bällebecken hatte sich schließlich als allerletzter

Ausweg erwiesen. Eines Morgens tauchte sie darin unter. Sie hoffte flehentlich, dass ihre Mutter kommen und sie erlösen würde. Vergeblich. Als auch ihr Vater nicht kam, wühlte sie sich immer tiefer in das Becken, so lange, bis die Luft knapp wurde. Irgendwann war ihr Verschwinden entdeckt worden. Die Aufregung war groß und steigerte sich bis zur Hysterie. Schließlich alarmierte eine von den Sozialhennen die Polizei. Die coole Polizistin, die sie schließlich entdeckte, erschien ihr zwischen all den aufgeregt gackernden Hühnern wie ihre allerbeste Freundin. Ab da wusste sie genau, wohin sie wollte.

*

Als guter Polizeibeamter musste man lernen und viel wissen. Das schien ihr logisch. Sie nahm die Schulen hin, wie sie waren, und lernte, was sie nötig zu haben glaubte. Sie hatte keine Probleme damit. Sie war an Fakten interessiert, alles andere ließ sie kalt. Es gab nur eine einzige Ausnahme: Sport. Ihr Körper war ihr wichtig. Sie hatte gelernt, ihn als Werkzeug zu betrachten, einzigartig und ihr höchstpersönlich zum allernützlichsten Gebrauch anvertraut. Er war aus dem besten Material, das sie sich vorstellen konnte, und von optimaler Effizienz, wenn man ihn richtig zu gebrauchen lernte. Spätestens, nachdem sie den schwarzen Gürtel im Taekwondo erworben hatte, wusste sie das. Wichtig war ein stetiges Training. Pflege und Ernährung widmete sie viel Aufmerksamkeit und Zeit. Nachdem ihre Bewerbung für den gehobenen Polizeidienst erfolgreich gewesen war, studierte sie auf der Fachhochschule der Polizei in Altenholz bei Kiel. Ihre Einstellung kam den gestellten Anforderungen entgegen. Ihre Ausbilder und Lehrer schätzten sie. Sie schloss mit Bestnoten ab.

*

In ihrer Freizeit las sie gern Kriminalromane, besonders die, in denen junge Frauen eine herausgehobene Rolle spielten. Lisbeth Salander, die Heldin in Stieg Larssons Romanen, hatte sie fasziniert. Es dauerte aber nicht lange, bis ihre gesunde Skepsis die Oberhand gewann. Salander hatte eine Biografie, die nicht einmal ein Stein durchgestanden hätte. Außerdem hatte sie zu viel Blech im Gesicht und auch die Körpertätowierungen stießen sie ab. Sie würde ihren Körper nie absichtlich entstellen oder Löcher in ihn bohren. Dafür war er ihr zu kostbar. Und es war auch nicht ganz falsch, daran zu denken, wie er einmal später aussehen würde, nach Jahrzehnten und mit gealterter Haut.

Salander konnte mit dem Computer umgehen. Das imponierte ihr, weil sie selbst auf diesem Gebiet keine Expertin war. Aber die enormen Fähigkeiten Salanders kamen ihr bald fragwürdig vor. Unglaubwürdig, urteilte sie, nachdem sie ihre Wissenslücken aufgefüllt und eigene Fähigkeiten erworben hatte. Dennoch war das Gehacke auf dem PC in Ordnung und in jeder Hinsicht nützlich.

Und sonst?

Ihr gefiel Bibi Fellner, die Assistentin des Wiener Kommissars Moritz Eisner aus der TV-Serie ›Tatort‹. Sie stand im Leben, mitten unter lebendigen Menschen, die Aufmerksamkeit nötig hatten, auch polizeiliche Aufmerksamkeit. Für ihren Geschmack stand sie ihrer Klientel jedoch zu nahe. Dabei ging die Kontrolle verloren. Saufen ging einfach nicht. In diesem Job musste man nüchtern sein. Den Namen ›Streetworker‹ hatte sie gelegentlich für diesen Typus gehört. Das Englisch klang albern, zu selbstgefällig und wichtigtuerisch. Eine passende deutsche Vokabel fiel ihr jedoch nicht ein.

*

Schleswig-Holstein ist schließlich nicht Wien, stellte sie nüchtern fest, wenn sie über ihren Einsatz in der Zukunft nachdachte. Lübeck, Flensburg, Husum, Kiel, waren das überhaupt richtige Städte? Hatten sie ein gefährliches oder sogar kriminelles Milieu? Die *Landeshauptstadt* hatte nicht einmal das Flair von Itzehoe und war Sitz eines Ministerpräsidenten, der die Ausstrahlung eines korpulenten, dummen August besaß. Bei den Kollegen vom Personenschutz war der Landesvater wegen seiner Fresssucht auf den vielen Empfängen, die er gern besuchte, verschrien. ›Harry Buffet‹ spotteten sie über ihn. Sein Name war noch das Beste. Peter Harry erinnerte sie entfernt an ›Dirty Harry‹. Das war aber auch alles.

*

»Haben Sie Ihren Pass auch nicht vergessen?«, fragte die Frau neben ihr.

»Nein«, antwortete sie wahrheitsgemäß und ließ es dabei bewenden. Zu einem Gespräch war sie nicht in Stimmung. Die Frau war ihr unsympathisch. Sie hatte beim Einsteigen die Nase gerümpft. Wahrscheinlich glaubte sie, einen Daimler aus der Führungsetage beanspruchen zu können und keinen Volkswagen aus der Fahrbereitschaft der Bereitschaftspolizei.

Seit sie auf die Autobahn eingebogen waren und sich Ruhe eingestellt hatte, taxierte sie die große Frau aus den Augenwinkeln. Das leger-elegante Outfit kaschierte grobe Knochen, schlappes Fleisch und überflüssiges Fett. Sie glaubte, diese Art Frau zu kennen: zu viel Styling, zu viel Design, zu viel Duft, zu viel Frisur. Dahinter versteckten sich Fehler: Keine Disziplin, angeknackstes Selbstwertgefühl, ein Hang zu Tändeleien, Spielchen, Klatsch und Intrigen, leicht ablenkbar, eitel. Ziemlich strukturlose Mutter, urteilte sie mitleidlos. Das musste nicht unbedingt heißen, dass dieser Typ Frau seinen Willen, oder was er dafür hielt, nicht durchzusetzen verstand. Lange hatte sie während ihres Studiums über diesem Phänomen gebrütet. Für ihren Geschmack traf das Weibergetue viel zu oft auf willfährige Männer und bekam dann eine brisante Wirkung. Sie vermutete dahinter das Zusammenspiel von verschleierter Unterwürfigkeit und latenter Machtgeilheit, eine Art Symbiose, die so zäh wie Pattex und nicht zu knacken war, es sei denn, man wurde grob und brauchte Gewalt.

Sie selbst sah sich als Frau ganz anders. Sie glaubte auch, ganz anders zu empfinden als die meisten ihrer Geschlechtsgenossinnen. Das war mitunter ein echtes Problem.

*

»Wir sind gleich da. Über den Kanal und dann nur noch ein paar Kilometer. Sind Sie ausgeschlafen?«, fragte der Glatzkopf.

Worauf wollte er hinaus? Sie wusste mit der Frage nichts anzufangen. Der Mann war nicht so leicht zu durchschauen wie die Frau. Er hatte das Kommando, das war ihr schon klar. Aber sein Auftreten war so, als wäre er gar nicht wirklich da. Er war klein und schmal, strahlte aber eine Gefährlichkeit aus, die sie vorsichtig machte.

»Ja. Wieso?«, fragte sie spontan und biss sich sofort auf die Lippen. Peinliche Frage. Wird mir nicht noch einmal passieren, schwor sie sich.

»Wir kommen bei Tageslicht da drüben an. Wir fliegen sozusagen mit der Sonne mit. Ich will sofort anfangen und fertig werden. Schlafen können wir hinterher immer noch.«

Sie hielt bewusst den Mund. Schließlich hatte er sie auch nichts gefragt.

»Weißt du schon, Klaus, wo wir übernachten werden?«, fragte ihre Mitfahrerin gelangweilt.

»Best Western, centre ville.«

»Oh, mein Gott! Wieder einmal das absolute *Nonplusultra*. Toll! Ich freue mich wirklich wahnsinnig«, erwiderte die Frau genervt.

Ihre Ironie machte sie nicht sympathischer. Wer hatte eigentlich zu verantworten, dass diese Ziege nach Québec geschickt wurde, um dort einen schwierigen Job zu erledigen? Vielleicht war der Job ja gar nicht schwierig, überlegte sie.

Zum Glück waren weder die Frau noch der Mann ihr Chef. Den sollte sie erst später treffen, wie der Glatzkopf sie gleich nach dem Aufbruch informiert hatte. Er hatte so geklungen, als sei er froh darüber. Es wäre ihr auch schwergefallen, einen von den beiden mit ›Chef‹ anzureden. Darauf legte sie großen Wert. Sie war von der Nützlichkeit von Hierarchien überzeugt und nicht davon abzubringen, ihre Einstellung im persönlichen Umgang auch deutlich zu machen. Sie selbst würde darauf bestehen, mit ›Chef‹ angeredet zu werden, wenn sie einmal die Karriereleiter erklommen und eine entsprechende Position erobert hatte.

ABREISE

Svenja hatte ihm zu seinem Glück gratuliert. Er durfte einen Ausflug nach Kanada machen, auf Staatskosten und mit nichts anderem belastet als mit zwei kultivierten Staatsanwälten. So sah sie das. Jungs Bericht vom Zusammentreffen mit Halsbenning und Riedel war oberflächlich geblieben. Die meiste Zeit war mit der Schilderung der Staatsanwältin und ihrer Garderobe draufgegangen. Er kannte die Vorlieben seiner Frau.

»Benutzt du eigentlich außer ›Flowerbomb‹ noch ein Parfüm von Hermes?«, hatte Jung sie abschließend gefragt.

»Wieso?«

»Ich glaubte, an der Staatsanwältin ein Parfüm von Hermes gerochen zu haben.«

»Unsere Nachbarin auf dem Flug nach Faro trug ›Un jardin sur le toit‹.«

»Haha. Daher also.«

»Du überraschst mich! Du machst dir doch sonst nichts aus Düften.«

»Ich entwickle mich eben. Dank deiner gütigen Mithilfe.«

Sie hatten gelacht.

Viele Worte hatte Jung nicht verloren und seine Gefühle und Gedanken für sich behalten. Sein Aufenthalt in Québec war aller Voraussicht nach kurz. So würde er nicht lange vermisst werden, wenn überhaupt. Ihre Tochter war kürzlich aus Japan zurückgekehrt. Es gab zwischen Mutter und Tochter noch unendlich viel zu erzählen.

Holtgreve hatte er, wie versprochen, telefonisch über die Lage informiert. Jung hatte es eilig gehabt. Sein Aufbruch stand unmittelbar bevor. Ihre Unterhaltung musste sich auf das Nötigste beschränken. Sein Chef hatte, wie zu erwarten, wenn der Polizeipräsident oder sogar der Generalstaatsanwalt im Spiel waren, Verständnis dafür aufgebracht. Dennoch hatte Jung den Eindruck, als hätte Holtgreve gern sehr viel mehr erfahren.

»Haben Sie den Polizeipräsidenten von mir gegrüßt?«, schloss er das kurze Telefonat ab.

»Leider hatte ich keine Gelegenheit dazu. Wenn ich ihn sehe, hole ich das Versäumte nach.«

»Ja, danke. Ich höre von Ihnen.«

»Selbstverständlich, Herr Holtgreve.«

»Gute Reise, Jung.«

»Danke, bis dann.«

*

Sein Chef war eigentlich ganz in Ordnung, selbst wenn er für Jungs Geschmack zu beflissen war, zu unterwürfig und willfährig. In letzter Zeit ertappte Jung sich dabei, das nicht weiter auf die Waagschale zu legen. Wie müsste denn überhaupt ein idealer Chef beschaffen sein?, hatte er sich gefragt. Seine Überlegungen führten ihn zu der Einsicht, dass Holtgreves größtes Plus darin bestand, nie Zufriedenheit unter seinen Leuten aufkommen zu lassen. Lob kam ihm so gut wie nie über die Lippen, und wenn, musste man vorsichtig sein, dass keine Unannehmlichkeiten folgten. Der Leitende erweckte niemals den Eindruck, als könne in seinen Augen irgendetwas jemals in Ordnung kommen oder auch nur einigermaßen richtig geregelt sein. Er wollte eben einfach nie in Vergessenheit geraten lassen, dass in dieser Welt überhaupt nichts in Ordnung war, unterstellte ihm Jung. Es gab überall Mord und Totschlag, wenige waren superreich, viele bettelarm, die einen erstickten am Überfluss, die anderen verhungerten auf offener Straße. Und es gab auf diesem Globus Länder, in denen es erlaubt war, öffentlich und unbehelligt den größten Stuss zu reden, und andere, in denen es nur bei Gefahr für Leib und Leben möglich war, simple Wahrheiten auszusprechen. Jung hatte sich angewöhnt, seinen Chef in diese Richtung zu interpretieren.

Er sah auf seine Uhr. Kurz vor neun. Hatte er alles beisammen, gab es noch etwas zu erledigen? Von Frau und Tochter hatte er sich nach dem Frühstück verabschiedet. Es war ihm recht, dass die Abschiedszeremonie so ausgefallen war, als mache er einen kurzen Trip nach Kiel ins Innenministerium, um seine Pensionsansprüche zu klären. Als er seinen Pass und seinen Dienstausweis in dem Bordcase verstaute, hatte er sich zum ersten Mal seit vielen Jahren an seine Dienstwaffe erinnert. Er wunderte sich. Er durfte keine Waffe, auch keine Dienstwaffe, mit an Bord nehmen, geschweige denn nach Kanada einführen. Er fragte sich, warum ihm gerade jetzt die Walther PPK eingefallen war. Jahrelang hatte er keinen Gedanken daran verschwendet.

*

Es läutete an der Haustür. Er warf seine Jacke über die Schulter, nahm seine Siebensachen auf und begrüßte unten den Fahrer, der ihn nach Rendsburg bringen sollte.

»Moin. Haben Sie mich ohne Probleme gefunden?«

»Moin. Kein Problem. Ich habe Navi an Bord. Privat. Dienstlich geht da ja nix. Geben Sie mir Ihre Sachen. Ich verstau sie im Kofferraum.«

»Bin ich der Einzige?«

»Ja. Wird eine *sehr* angenehme Fahrt werden«, quittierte der Fahrer Jungs Frage. »Auf der Herfahrt hatte ich jede Menge Verkehr. Auf der Gegenfahrbahn noch mehr. Skandinavier auf der Reise in den Süden.«

Jung verstand nur zu gut. Wenn die spritfressenden Womos und Wohnwagengespanne aus Schweden, Norwegen und Dänemark in den Süden aufbrachen, dann war höchste Vorsicht geboten. Wie entfesselte Dinosaurier stürmten sie die deutschen Autobahnen. Hatten sie

Tempolimit und astronomische Preise hinter sich gelassen und die scheinbar paradiesischen Möglichkeiten südlich der Grenze erst einmal geschnuppert, musste man mit allem rechnen.

»Na dann! Horrido und Waidmannsheil«, seufzte Jung.

»Waidmannsdank«, erwiderte der Fahrer lachend.

Sie stiegen in einen blauen Opel Astra und schnallten sich an. Nachdem der Wagen sich in Bewegung gesetzt hatte und sie auf den Zubringer zur Autobahn eingebogen waren, überlegte Jung, was die allernächste Zukunft wohl bringen werde. Was sollte er tun? Svenja hatte ihm ins Gewissen geredet, sich nicht zu sehr anzustrengen. Ihre Ermahnung hatte ihn stärker berührt, als ihm lieb gewesen war. Er erinnerte sich daran, dass man von ihm nur erwartete, den Herrn und Damen Staatsanwälten den Weg zu den Toiletten zu weisen. Bei dem Gedanken lachte er innerlich und entspannte sich. Er sah zu, wie der Fahrer sich geschickt in den Verkehr auf der Autobahn einfädelte. Er kippte seinen Sitz nach hinten und lehnte sich zurück.

»Genau richtig, Herr Jung. Der Flug dauert. Danach Jetlag. Kennen wir alles zur Genüge«, sagte der Chauffeur und lächelte seinen Passagier an. Jung verzog die Mundwinkel zu einem angedeuteten Grinsen und schloss die Augen.

*

»Kann ich Ihre Ausweise sehen?«

Jung wachte aus seiner Versenkung auf. Sie standen vor einem Schlagbaum. Der Fahrer hatte die Scheibe heruntergelassen, und der Wachmann beugte sich vor und spähte ins Wageninnere.

»Wir sind angemeldet. Für den Flug nach Québec«, erwiderte der Fahrer.

»Dann habe ich Sie auf meiner Liste. Ihre Namen?«

Der Fahrer nannte ihm die Namen, und der Wachmann wies ihnen den Weg zur Abfertigung. Es dauerte nur wenige Minuten, bis sie vor der Halle angelangt waren und der Fahrer das Gepäck entladen und auf den Bordstein gestellt hatte.

»Ich wünsche Ihnen einen guten Flug und viel Erfolg da drüben«, verabschiedete er sich von Jung.

»Erfolg ist immer gut. Danke und auf Wiedersehen«, antwortete Jung freundlich, nahm die Reisetasche und das Bordcase auf und strebte dem Eingang zu.

»Ah, fast habe ich es vergessen. Ich soll Ihnen das hier aushändigen.« Der Chauffeur kam noch einmal zurück und wedelte mit einem Brief in der Luft herum. Jung nahm einen braunen Umschlag im DIN-A4-Format in Empfang.

»Also tschüs. Machen Sie's gut!«

Leicht verdattert, las Jung auf dem versiegelten Kuvert: ›Persönliche Personalangelegenheit. Streng vertraulich‹.

Wahrscheinlich sind das die Reiseunterlagen, dachte er, konnte sich aber nicht recht erklären, warum diese als

›streng vertraulich‹ eingestuft worden waren. Er klemmte sich den Umschlag unter den Arm und betrat die Abfertigungshalle.

Der Betrieb war übersichtlich und so unaufgeregt, dass es schon wieder auffiel. Wo er hinsah, Uniformierte. Sie wirkten müde und schleppten gelangweilt ihre Seesäcke und Taschen durch die Kontrollen. Es gab keinen Unterschied zu einer zivilen Flugabfertigung. Nur die Ausstattung und die Dimension der Abfertigungshalle Rendsburg/Hohn konnten mit denen von Hamburg/Fuhlsbüttel nicht mithalten. Die Farben Olivgrün und Grau herrschten vor. Alles war nüchtern, zweckmäßig und sauber. Für Ablenkungen hatte man hier keinen Sinn. Alles und jedes war dem reinen Zweck untergeordnet, sogar die gut ausgeschilderte Toilettenanlage.

Sehr angenehm, dachte Jung und ließ seine Augen suchend durch die Halle wandern. Die beiden Staatsanwälte konnte er nirgends entdecken. Er setzte sich in einen der Plastiksessel, die, in Reihen zusammengeschraubt, an den Wänden und in der Halle standen. Er musste nicht lange warten.

Sie marschierten herein, eilig und wichtig. In ihrem Schlepptau ein Assistent, wie Jung vermutete, einen Rucksack auf dem Rücken und Koffer hinter sich herziehend. Jung erhob sich. Wenn er sich nicht bemerkbar gemacht hätte, wären sie an ihm vorbeigerauscht. Er fühlte sich in seinem Urteil von der ersten Begegnung bestätigt: *Sie* aggressiv präsent und ganz auf Wirkung getrimmt, *er* gelangweilt und so, als wäre er gezwungen worden, hierher zu kommen, obwohl er eigentlich woanders dringender gebraucht wurde.

»Da sind Sie ja«, begrüßte ihn Halsbenning. Die Staatsanwältin nickte ihm flüchtig zu und nahm ihn kritisch unter die Lupe. Jung fühlte sich fehl am Platz. Am liebsten hätte er seine Sachen gepackt und wäre aus der Halle spaziert. Noch besser, der Fahrer hätte auf ihn gewartet und ihn wieder nach Hause gefahren.

»Wir haben etwas für Sie«, sprach die Riedel ihn an. »Ein nettes Geschenk Ihres Präsidenten«, ergänzte sie mokant.

Jung drehte den Kopf und sah sie an wie eine unheilbar Kranke. Er nahm sein Gepäck auf und wandte sich in Richtung Abfertigung.

»Die Gebrauchsanleitung haben Sie ja schon, wie ich sehe«, rief sie ihm nach.

»Was?«

»Na, den braunen Umschlag. ›Persönliche Personalangelegenheit‹, wenn meine Augen mich nicht täuschen.«

Jung verharrte und drehte sich noch einmal zu ihr um. Sie ahnte, was er dachte.

»Da vorne steht sie, die mit den kurzen, dunklen Haaren und den hellen Jeans. An der Abfertigung.«

»Sie?« Jung machte eine Pause und sagte dann unwirsch: »Was soll das?«

»Der Polizeipräsident schickt Ihnen jemanden zu Ihrer Unterstützung.«

»Um die Damentoilette zu finden, brauche ich keine Unterstützung.«

»Eine angehende Kriminalbeamtin. Ihr erstes Berufspraktikum«, mischte sich Halsbenning ein. Der Staatsanwalt grinste. Das war neu an ihm. Die schmalen Lippen hatte er über seine Zähne gezogen wie ein erregter Kampfhund.

Jung brauchte eine Pause, um die Nachricht zu verdauen. Er fühlte sich hereingelegt. Warum hatte Holtgreve ihn heute Morgen am Telefon nicht informiert? Vielleicht hatte man ihn ebenfalls im Dunkeln gelassen, nahm er seinen Chef in Schutz. Jung schwieg ostentativ, wandte sich der Abfertigung zu und nahm die fragliche Person in Augenschein. Jetzt sah auch er, dass sie eine Frau war. Seine mangelnde Aufmerksamkeit wurmte ihn. Dass sie aus ihrer Weiblichkeit nichts machte, war keine Entschuldigung. Sie war groß, über einsachtzig, kräftig, makellose Figur, kurzer, kunstloser Haarschnitt. Ihr Gesicht war einprägsam und ungeschminkt. Sie trug ein weißes Sweatshirt, eine kurze, braune Lederjacke, beigefarbene Jeans und flache Schnürschuhe.

Jung atmete auf. Ihr Anblick half ihm über den Schock hinweg. Sein Gepäck ergreifend, ließ er die Staatsanwälte wortlos stehen und ging zur Abfertigung hinüber.

»Moin. Sie sind also das Geschenk meines Präsidenten. Angenehm«, begrüßte er die junge Frau und reichte ihr die Hand. Sie zögerte. Dann sagte sie steif: »Guten Tag.«

Als er darauf nicht reagierte, fuhr sie ausdruckslos fort: »Ich mache ein Berufspraktikum. Ich bin abgeordnet, Kriminaloberrat Jung nach Québec …«

»Der bin ich«, fiel Jung ihr ins Wort.

»Charlotte Bakkens, angenehm.«

»Jung.«

Sie sahen sich in die Augen. Eine Pause entstand. Hübscher Name, dachte er. Warum hatte man ihn nicht informiert?, fragte er sich noch einmal. Die blöden Strippenzieher konnten ohne ihre miesen Angewohnheiten einfach nicht auskommen. Hatten sie nicht gehört, wie wichtig Kommunikation und Information waren? Überall war von Transparenz die Rede. Nur die Praxis richtete sich nicht danach.

Zwischen ihnen kam Verlegenheit auf. Seine flotte Begrüßung hatte sie irritiert, dachte Jung. Zu Recht, wie er insgeheim zugab. Er war einfach zu leicht zu beeinflussen, zu coabhängig. Das war das Schlüsselwort, wenn von destruktiven Beziehungen zwischen Menschen die Rede war.

»Entschuldigen Sie den Spruch«, versuchte er, die Situation zu entspannen. »Ich wollte eigentlich sagen, dass ich bis eben nichts davon gewusst habe.«

Aha, beruhigte sie sich. Er ärgert sich. Würde mir auch so gehen.

»Haben Sie schon eingecheckt?«, fragte Jung.

»Ja, alles okay. Kein Problem.«

»Den Koffer der Staatsanwältin auch?«

»Ja, warum? Ist er etwa gefährlich?«

»Eher zu schwer«, erwiderte er und grinste sie an.

Sie grinste zurück, enthielt sich aber jedes weiteren Kommentars. Der Mann war vielleicht doch nicht ganz so unbedarft, wie man auf den ersten Blick vermuten konnte.

Er trug eine Jacke, die schon viel zu viele Jahre auf dem Buckel hatte. Über seinen ausgelatschten Camperschuhen lugte ein schmaler Streifen schwarzer Socken hervor. Er war groß, das sprach für ihn, so zwischen einsachtzig und einsneunzig. Sein Gewicht schätzte sie auf allerhöchstens 80 Kilo, eher darunter. Sein insgesamt positiver Eindruck litt unter einem leicht gebeugten Rücken, so, als schleppte er eine unsichtbare Last mit sich herum. Sie musterte sein Gesicht. Er sah irgendwie gut aus, trotz der schmalen Lippen und der tiefen Falten rechts und links der Nase. Er gehörte zu den Älteren und war für absehbare Zeit ihr Chef. Dem ersten Anschein nach sollte das kein größeres Problem werden.

»Dies hier brauche ich nicht«, unterbrach Jung sie in ihren Betrachtungen und wedelte mit dem braunen Umschlag vor ihrer Nase. »Ich will das gar nicht wissen.« Er bückte sich und stopfte den Umschlag in sein Bordcase. »Auf ›streng vertraulich‹ scheiß ich«, brummte er mehr zu sich selbst.

»Okay, Chef. Wie Sie wollen«, erwiderte sie.

Das Wort ›Chef‹ machte Jung stutzig. Auf ihn gemünzt, hörte er die Anrede zum allerersten Mal. Er war unsicher, ob ihm das gefiel oder nicht. Er schob seine Irritation beiseite und sagte: »Es wird Zeit. Ich sollte die Formalitäten hinter mich bringen.«

»Kann ich Ihnen behilflich sein?«

»Nein, danke. Das bewältige ich noch allein.« Jung zeigte lächelnd auf seine Reisetasche und das Bordcase. »Wir sehen uns später. Wäre gut, wenn wir nebeneinander säßen. Wir könnten dann gleich mit dem Praktikum beginnen«, grinste er. »Bis dann.« Er wandte sich ab, nahm das Gepäck auf und reihte sich in die Schlange vor dem Check-in ein.

*

Ihr neuer Chef hatte sie überrascht. Bis jetzt hatte sie noch immer irgendwelche Reaktionen, und sei es nur ein kurzer Blick aus den Augenwinkeln, zu spüren bekommen, wenn sie ihre Marotte durchgezogen hatte. Vielleicht würde der Flug doch ganz unterhaltsam werden. Bei dem Gedanken fühlte sie sich viel besser als noch vor einer Stunde im Auto, in Gesellschaft der unsympathischen Staatsanwältin und des unheimlichen Glatzkopfes.

*

Als Jung an der Reihe war, ging alles sehr schnell. Seine Tasche verschwand im Nu auf dem Laufband ins Jenseits der Abfertigungshalle. Seinen Gürtel musste er nicht lösen, wie noch vor Kurzem beim Aufbruch in den Urlaub, der ihm in schmerzlicher Erinnerung war. Blöde Sprüche musste er sich auch nicht anhören. Die Soldaten waren höflich und flink. Nur bei der Passkontrolle gab es einen kurzen Moment des Schreckens. Der Soldat blätterte das Dokument mehrmals durch. Zwischendurch blickte er auf und sah Jung prüfend an.

»Ist was?«, fragte Jung besorgt.

»Nein, ist schon in Ordnung«, entgegnete sein Gegenüber zögernd.

»Irgendwas mit der Gültigkeit?«

»Nein, nein. Alles in bester Ordnung. Kein Grund zur Besorgnis.«

Er händigte Jung den Pass aus und wünschte ihm einen angenehmen Flug.

DIE NACHRICHT

Der Wind war am Abend abgeflaut. Sie machten immer weniger Fahrt. Kurz vor Mitternacht lagen sie noch südlich der Kanalinseln. Auf dem Weg zur Schanz hatte er im Kartenhaus auf den Navigationsmonitor geschaut und sich über Position und Fahrt informiert. Er machte das gern und oft. Die Brückenwache hatte sich daran gewöhnt und nahm in dem abgedunkelten Wachstand keine besondere Notiz von ihm. Er setzte sich an der Steuerbordseite auf die Bank am Klavier und starrte über die Reling und das in der Dunkelheit dahinschäumende Wasser. Die Sicht in der frischen Atlantikluft war ungetrübt. Am Horizont funkelten Lichter. Das musste die bretonische Küste zwischen Roscoff und Tregastel sein, dachte er. Voraus lag Jersey. Die Lichter würden bald am Horizont auftauchen.

Ein Läufer berührte ihn an der Schulter.

»Erwin, der Kommandant will dich sprechen. Er wartet unten in seiner Kabine auf dich.«

»Okay, ich komme.«

Der Läufer entfernte sich. Er erhob sich und sah noch einmal in die Runde. Die Segel standen optimal. Der Wind strich durch die Takelage und summte vor sich hin. Ab und zu killte eines der Rahsegel. Keine ungewohnten Geräusche. Kein Grund zur Beunruhigung. Er spürte den Flachmann in seiner Brusttasche, verzichtete aber auf einen Schluck. Auf dem Niedergang ins Offiziersdeck fragte er sich, was den Kommandanten bewegt haben mochte, ihn zu dieser späten Stunde zu sich zu rufen. Das war ungewöhnlich, überhaupt nicht seine Art. Ein leichtes Unbehagen machte sich in seiner Magengegend breit.

Normalerweise folgte er dem Ruf seines Kommandanten gern. Der Kapitän brachte ihm eine Achtung entgegen, die sich aus einem Respekt nährte, den Männer haben, die viele Jahre auf See verbracht und gelernt hatten, sich unabhängig von Stand, Status und Aussehen wertzuschätzen. Im Munde des Kommandanten klang sein Vorname nie abwertend. Seine Ehre war niemals angetastet worden. Sie beide verband die lange Erfahrung mit einer strengen Ordnung, die jedem auf einem Schiff, und ganz besonders auf diesem Schiff, eine nützliche Aufgabe zuteilte und einen festen Platz zuwies. Der Kommandant auf seinem Posten als Führer des Schiffes und er auf seinem Posten als Helfer seines Kommandanten. Die Ordnung war über viele Jahrzehnte und auf langen Reisen über die Weltmeere gewachsen und hatte sich bei Sturm und Flaute bewährt.

Die Kommandantenkabine unter dem Achterdeck war für ihn Sinnbild dieser Welt und erfüllte ihn mit Ehrfurcht. Die Wände und Decken waren mit dunklem Edelholz vertäfelt. Bulleyes ließen genügend Licht in die Kabine. Wenn er sie betrat, saß der Kommandant gewöhnlich am Schreibtisch gleich links neben dem Eingang vor einer überquellenden Bücherwand. Die Möbel waren aus dem gleichen Holz getischlert wie die Vertäfelung. Hinter dem Arbeitsplatz öffnete sich die Tür zum Schlafraum, aus dem es zu einer Nasszelle mit Dusche und WC abging. Nach vorn sah man auf eine repräsentative Sitzgruppe, davor stand ein mächtiger, am Boden verschraubter Tisch. Die polierte Platte glänzte wie alles andere auch.

Der Kommandant hatte für Dekoration nicht viel übrig. Der Raum wirkte auf den ersten Blick etwas leblos. Aber die vielen Bücher und Karten auf den Tischen zeugten von beharrlicher Arbeit. Er mochte das. Der Kapitän und sein Logis waren für ihn Ausdruck guter Seemannschaft. Auch in seinen übelsten Stunden hatte er sich auf sie verlassen können.

Nur die alle paar Monate wie ein Sack Flöhe einfallenden Kadetten störten ihn bisweilen. Sie waren laut, hektisch und ungeschickt. Er hasste es, wenn sie beim ersten schweren Wetter seekrank wurden und das Deck vollreiherten. Später, wenn ihnen Seebeine gewachsen waren, sie aber immer noch litten, hatten die meisten gelernt, ihr Zeug über das Schanzkleid nach Lee loszuwerden. Es gab aber auch Fälle, die nicht gewillt waren dazuzulernen. Sie hörten einfach nicht auf, nach durchzechten Hafenbesuchen in die Hängematte zu pinkeln. Die Schiffsführung zeigte sich in solchen Fällen unnachgiebig. Sie schickte die Jungs zurück nach Hause. Selbst von Neufundland aus. Ihre Karriere war vorbei, bevor sie begonnen hatte. Die Strenge der Schiffsführung ermutigte ihn und bestätigte ihn in seiner Auffassung, in einer guten und richtigen Ordnung zu sein. Insofern erfasste ihn Genugtuung bei dem Gedanken, dass sein Sohn in Kürze an Bord kommen würde.

*

Er klopfte an die Tür.

»Herein.«

Er trat ein und schloss die Tür hinter sich.

»In die Kammer«, meldete er sich.

Der Kommandant saß auf der Polsterbank hinter dem großen Tisch. Vor ihm lag ein Papier. Sein Unbehagen wuchs. Nicht nur der Zeitpunkt war ungewöhnlich, sondern auch der Sitz weit weg vom Schreibtisch. Der Kommandant stand auf und reichte ihm die Hand. Sein Händedruck war kräftig und hielt eine Spur zu lange an.

»Setz dich bitte, Erwin.«

Er erschrak. Der Kapitän hatte ihn noch nie aufgefordert, sich zu ihm an den Tisch zu setzen. Der Kommandant sah ihm schweigend in die Augen.

»Ich muss dir eine traurige Nachricht überbringen, Erwin«, sagte er schließlich leise und machte eine Pause. Als sein Gegenüber stumm blieb, fuhr er fort: »Dein Sohn ist gestern Abend ums Leben gekommen. Ertrunken. Ein Unfall, wie die Polizei vermutet. Mehr weiß ich nicht. Mein aufrichtiges Beileid.«

Im Raum breitete sich eine Stille aus, die mit jeder Sekunde beklemmender wurde.

»Es tut mir sehr leid, Erwin«, beendete der Kommandant das Schweigen. »Er sollte demnächst zu uns an Bord kommen, nicht wahr?«

Er konnte darauf nichts erwidern. Seine Stimme gehorchte ihm nicht. Er heftete seinen Blick an das Bulleye gegenüber und ließ es nicht mehr los. Der Kommandant nahm das Papier auf. Das Rascheln dröhnte ihm in den Ohren.

»Wir werden auf Cherbourg-Reede vor Anker gehen. Unser Schiffsagent ist benachrichtigt. Er wird dich mit dem Lotsenboot abholen. Morgen geht dein Flieger nach Hamburg. Der Fuhrparkservice pickt dich in Fuhlsbüttel auf und bringt dich nach Flensburg. Morgen Abend bist du zu Hause. In Hamburg kommst du wieder an Bord, es sei denn, du reichst Urlaub ein.«

Bei dem Wort ›zu Hause‹ zuckte er zusammen. Er konnte noch immer nichts erwidern. Seine Augen blickten starr geradeaus durch das Bulleye in das nächtliche Dunkel.

»Kann ich noch etwas für dich tun, Erwin?«

Er erhob sich. Seine Knie zitterten. Ertrunken? Aber nicht Momme. Niemals! Er ging steif an die Tür zum Gang und drückte die Klinke herunter.

»Danke, Herr Kap'tän. Aus der Kammer.« Seine Worte kamen undeutlich. Seine Stimme hatte allen Klang verloren.

DAS BEGRÄBNIS

Sie trocknete die Kaffeetassen ab, die ihre Mutter ihr zureichte. Sie hatte sich in einen stummen Erregungszustand hineingesteigert. So ein Idiot, fluchte sie lautlos, während das Trockentuch feucht wurde. Bastian war ganz anders. Irgendwie war er eine Klasse für sich. Bei ihm wusste sie immer, woran sie war. Er machte, was er wollte und was er konnte. Seinen bayerischen Akzent fand sie drollig. Die Stunden mit ihm fühlten sich gut an, irgendwie richtig. Plötzlich fiel ihr ein, dass es eigentlich Zeit für ihre Regel war. Sie spürte keine Vorzeichen. Normalerweise konnte sie sich blind darauf verlassen. Wahrscheinlich lag es an dem emotionalen Stress. Was hätte sie darum gegeben, sich niemals mit Momme getroffen zu haben. Der Abend hatte sich zu einem einzigen Desaster entwickelt. Hatte sie es nicht kommen sehen? Warum habe ich nicht auf meine innere Stimme gehört, fragte sie sich immer wieder. Sie wollte absolut nichts damit zu tun haben, gerade jetzt, wo es anfing, interessant und abenteuerlich zu werden. Sie brauchte ihre Kraft für sich und wollte sie nicht verschwenden, schon gar nicht an die Auseinandersetzung mit einem grünen Jungen und seinen blöden Vorstellungen. Sie schob ihre Gedanken beiseite und atmete tief ein und wieder aus.

Zu allem Überfluss war auch noch ihre Lieblingsjacke verschwunden. Sie hatte im Restaurant nachgefragt. Francesco hatte in jeder Ecke gesucht, aber das schwarze Lederblouson nirgendwo finden können. Und nun diese Scheißbeerdigung! Ihre Versuche, sich davor zu drücken, waren gescheitert. Als sie ihrem Inspektionschef ernstlich weismachen wollte, dass sie an einer Beerdigungs-Phobie leide, die zu unkontrollierten Reaktionen und in Folge davon möglicherweise zu Störungen der feierlichen Zeremonie führen könnte, hatte er sie kopfschüttelnd an den Schulleiter verwiesen. Der Admiral hatte ihr geduldig zugehört und sie dann ohne viel Worte vor die Wahl gestellt: entweder Teilnahme an der Beerdigungsfeier oder Abbruch der Ausbildung. Seine Kälte hatte sie nicht weiter berührt. Sie bewunderte ihn sogar dafür.

*

»Ellen, wie geht es dir?«

Ihre Mutter drehte sich zu ihr um und sah sie aus traurigen Augen an. Die Weinerlichkeit in ihrer Stimme nervte sie.

»Was meinst du?«, fragte Ellen schnippisch.

»Der arme Junge wird doch morgen beerdigt.«

»Ja, und?«

»Mein Gott, Kind, was bist du herzlos!«

»Ein bisschen weniger Herz und dafür mehr Verstand würde vielen sehr guttun.«

»Ellen, du warst doch mit ihm zusammen. Wie kannst du nur so reden.«

»Ich war nie mit ihm *zusammen*, Mama. Und ich war schon lange weg, als es passierte.«

»Wärst du nur geblieben. Vielleicht lebte er dann noch.« Sie wandte sich dem Spülbecken zu und wusch die Frühstücksteller ab. Ellen verdrehte hinter ihrem Rücken die Augen und erwiderte brutal: »Wenn er nüchtern gewesen wäre, dann lebte er vielleicht noch.«

Es schien ihr, als zuckte ihre Mutter zusammen.

»So kenne ich dich gar nicht, mein Kind. Was ist denn nur los mit dir?«

»Mama, bitte, lass uns von was anderem reden, ja? In wenigen Tagen bin ich auf See.«

»Wie du meinst. Aber es ist doch wirklich traurig, wenn ein junger Mensch auf solch tragische Art und Weise sein Leben verliert.«

»Tragisch? Was soll daran tragisch sein? Er ist ins Wasser gefallen. Das ist einfach nur blöd.«

»Aber wir haben mit ihm zusammen euer Gelöbnis gefeiert, Ellen. Darüber kann man doch nicht einfach so zur Tagesordnung übergehen.«

»Mama, er ist tot. Er hatte getrunken, nicht ich.«

»Kind, du machst mir Angst. Weiß dein Vater, wie du darüber redest?«

»Papa arbeitet. Ich habe nicht mit ihm gesprochen und will es auch nicht. Es ist so, wie es ist. Leider, kann ich nur sagen. Aber ich muss mich jetzt konzentrieren auf das, was kommt, verstehst du das denn nicht? Es wird hart werden, Mama. Papa sagt das auch.«

»Schon gut! Hast du für morgen alles zusammen?«

»Hab ich. Nachher muss ich zurück. Gibt's noch ein Stück Schokoladenkuchen?«

»Sicher. Ich weiß doch, was mein Mädchen mag.«

Ellen war froh, das Gespräch auf eine unverfängliche Ebene gelotst zu haben. Sie kannte ihre Mutter und wusste, wie man sie manipulieren musste, um zu bekommen, was man wollte. Ihr gefiel das nicht.

*

Er konnte sich später nicht mehr daran erinnern, wie er nach Flensburg gekommen war. Ihm kam es so vor, als hielte ihn eine Macht in den Klauen, die ihn in einer Art Trance umklammerte. Er erfüllte die Erfordernisse des Alltags wie eine Maschine: emotionslos, effektiv und pünktlich. Sogar das Treffen mit der Polizei überstand er ohne sichtbare Gefühlsregung. Nur der Flachmann in seiner Brusttasche erinnerte ihn an sein Leben davor. Die Beileidsbekundungen seiner Umgebung erreichten ihn nicht. Die angebotene Hilfe und die Unterstützung nahm er hin ohne Dank und Dankbarkeit, wie selbstverständlich und eher so, als gehöre sich das und bedürfe keiner Erwähnung. Er erregte kein Mitgefühl, geschweige denn Sympathie. Schließlich fürchtete man ihn wie einen Aussätzigen und mied seine Gegenwart.

Auf der Beerdigungsfeier stand er in seinem einzigen Anzug in der ersten Reihe einer Trauergemeinde junger und alter Menschen in Uniform. Er fühlte sich stigmatisiert und mutterseelenallein. Auf dem Weg aus der Kirche ans offene Grab standen die Crewkameraden seines Sohns Spalier und gaben ihm unter aufgestellten Ruderblättern das letzte Geleit. Als er unter den jungen Soldaten einige weibliche Kadetten entdeckte, riss der Anblick ihn aus seiner Lethargie. Er fragte sich, wer von ihnen die Freundin seines Sohnes und die flüchtige Trägerin seiner Hoffnungen gewesen war. Warum hatte sie sich nicht bei ihm gemeldet? Warum ließ sie ihn allein, ohne ein tröstendes Wort?

Das Aufflackern seiner Lebensgeister erlosch, als die Grabreden gehalten wurden. Am liebsten wäre er davongelaufen. Er spürte den Flachmann in seiner Brusttasche. Er verließ die Trauergemeinde, als er eine Gelegenheit sah, die Toilette aufzusuchen. In der Kabine nahm er einen kräftigen Schluck, nach dem Händewaschen noch einen. Bevor er den Raum verließ, begann sich Wärme in ihm auszubreiten. Er schöpfte Mut und rief sich in Erinnerung, wann er den Zug nach Hamburg erreichen musste, um rechtzeitig auf sein Schiff zu kommen.

ÜBER DEM OZEAN

Es war zwölf Uhr Greenwich Time. Um 14 Uhr Ortszeit würden sie in Québec landen, hatte der Flugkapitän seine Passagiere informiert. Das Wetter werde keine Probleme machen.

Die Maschine war nur halb besetzt. Außer dem gleichmäßigen Rauschen des riesigen Jets war nichts zu hören. Einige Kadetten hatten sich auf den freien Sitzreihen langgemacht und schliefen. Andere hatten Kopfhörer über die Ohren gestülpt. Die Staatsanwälte saßen weit vorn in der ersten Reihe, gleich hinter der Pantry, in der die Flugbegleiter geräuschlos den Servierwagen mit Getränken befüllten.

Jung sah durch das Kabinenfenster unter sich den Ozean glitzern. Schräg vor ihm ragte die Tragfläche des Airbusses in die klare Luft wie ein Stück unbewegtes Blech.

»Haben Sie Flugangst?«, fragte er leise seine Nachbarin, während er auf der unendlichen Wasserwüste unter ihnen irgendetwas suchte, an dem sein Auge sich festhalten konnte.

»Nein, Chef, kenn ich nicht.«

Er hatte es bisher vermieden, sie mit Namen anzureden. ›Frau Bakkens‹ klang gespreizt und Fräulein ging schon gar nicht. ›Charlotte‹ fand er eigentlich gut, aber auch sehr vornehm, und die burschikose Abkürzung ›Charly‹ passte nicht zu ihrer Erscheinung. Für den Vornamen war es überdies noch viel zu früh.

»Wann fangen wir denn nun mit dem Praktikum an, Chef?«, fragte sie mit gespielter Forschheit und lächelte ihn an.

»Wir sind mitten drin.«

»Wie? Flugangst ist für mich kein Thema.«

»Das meine ich nicht. Ich rede von Geduld. Die Zeit vergeht scheinbar nutzlos. Normalerweise warten wir einfach, bis sie vorbei ist.«

»Scheint mir nicht gerade viel mit Polizeiarbeit zu tun zu haben.«

»Das ist ein Fehler.«

»Versteh ich nicht, Chef.«

»Ich will es Ihnen erklären. Die Ermittlungsarbeit ist in der Regel unspektakulär, überhaupt nicht aufregend oder sensationell. Ganz und gar nicht wie im Fernsehen. Das Wichtigste sind Schnelligkeit, eine akribische Spurensicherung und eine ausgefeilte Kriminaltechnik. Sehr wissenschaftlich, sehr innovativ, sehr kostenintensiv. Wir, die Ermittler, warten. Auf die Ergebnisse. Und dann werten wir sie aus. Am Schreibtisch. Nicht im Helicopter oder in der Kneipe oder mit dem Seitensprung im Bett.«

»Okay, das kapier ich. Aber das ist was anderes, als im Flugzeug zu sitzen und Löcher in die Luft zu starren.«

»Gerade dabei können Sie viel lernen.«

»Und was sollte das sein?«

»Sich auf Ihre Sinne zu konzentrieren. Sie zu schärfen. Ihre Gefühle wahrzunehmen. Ihnen einen Namen zu geben.«

»Einen Namen? Was soll *das* denn, Chef?«

Sie fixierte ihn ungläubig von der Seite. Er schien das zu spüren und wandte sich ihr zu.

»Was fühlen Sie in diesem Augenblick? Mal ganz ehrlich.«

»Langeweile.«

»Langeweile ist kein Gefühl, sondern ein Zustand. Beschreiben Sie ihn.«

»Also, ich will nicht rumsitzen und meine Zeit vertrödeln. Joggen ist ja hier nicht möglich. Am liebsten hätte ich ein paar Geräte an Bord. Für die Fitness, verstehen Sie? Und wenn es auch das nicht sein kann, dann wenigstens etwas Spannendes, einen guten Film oder …«

»Gut. Ich verstehe«, unterbrach er sie. »Aber das ist keine Antwort auf meine Frage.«

»Was denn sonst?«

»Sie zählen auf, was Sie lieber machen würden, aber nicht, was tatsächlich in Ihnen vorgeht.«

»Ich habe einfach Angst, meine kostbare Zeit …«

»Halt, stopp! Da haben wir's.«

»Was?«

»Angst. Das ist das, was Sie wirklich haben.«

»Ich habe keine Angst, Chef.«

»Doch. Langeweile ist ein Ausdruck von Angst. Das zu erkennen, ist von immenser Bedeutung. Natürlich kann es auch nicht schaden zu wissen, *wovor* Sie Angst haben. Aber das ist nicht das Entscheidende. Das Allerwichtigste ist die Gefühlswahrnehmung an sich. Erst dann können Sie erkennen, wie Gefühle herrschen und wie sie unser Handeln bestimmen. Ein Täter, nach dem Sie vielleicht gerade fahnden, handelt nach den gleichen Mustern wie Sie und ich.«

»Meinetwegen, aber ...«

»Das ist der einzige Grund, weswegen wir unverzichtbar sind«, schnitt er ihr das Wort ab. »Als Menschen mit Gefühlen, verstehen Sie?«

Als sie hartnäckig schwieg, fuhr er fort: »Sie müssen den Tätern, nach denen Sie suchen, nahe kommen, und das können Sie nur, wenn Sie sich selbst nahe sind. Habe ich mich deutlich ausgedrückt?«

»Ja, Chef.« Die Widerspenstigkeit in ihrer Stimme war unüberhörbar.

»Sich selbst nahe sein, das können Sie hier üben.«

»Kann ich sonst noch etwas üben, Chef?«, entgegnete sie patzig.

»Ja. Sie können üben – allerdings erst, nachdem Sie bei sich angekommen sind –, sich selbst auszuhalten.«

Sie seufzte.

»Das ist das Schwierigste«, ergänzte er hintergründig lächelnd und sah wieder durch das Kabinenfenster auf die funkelnde Wasserwüste, die sich unter ihnen eintönig bis an den fernen Horizont ausbreitete. Er spürte, dass er ihren Unwillen erregt hatte.

Nach einer Weile sagte er mit vertraulichem Tonfall in der Stimme: »Ich will Ihnen eine Geschichte erzählen. Ich kam eines Tages in eine Wohnung – welche, spielt hier keine Rolle –, in der ich schon zuvor öfter gewesen war. Sie gehörte einem kinderlosen Ehepaar, das sehr viel Wert auf ein gepflegtes Heim legte und jedes Detail mit enormem Aufwand, also mit erlesenem Geschmack, viel Geduld und Geld zusammengetragen hatte. Das Ambiente war beeindruckend und hatte sich mir lebhaft eingeprägt. Als ich die Wohnung betrat, befiel mich eine nervöse Unruhe. Irgendetwas musste seit dem letzten Mal passiert sein. Aber nichts schien verändert zu sein. Alles war wie immer. Ich fragte mich also, was …«

Nein, bitte nicht! Sie hatte keinen Bock auf Männer, die Geschichten erzählten. Und überhaupt, wenn Männer sich wichtigmachten, langweilte sie sich schnell. Wenn ihre Zuhörerschaft nicht enthusiastisch applaudierte, reagierten die meisten beleidigt. Oft lief es auf Rechthaberei hinaus und endete in idiotischen Diskussionen. Einen Nutzen schienen nur die Erzähler zu haben. Welchen, hatte sie nie begriffen. Es interessierte sie auch nicht. Sie hatte sich einfach abgewöhnt zuzuhören. Aufmerksamkeit und Zustimmung zu heucheln, war eine Möglichkeit, sie zu überstehen. Das lag ihr aber nicht. Das bin nicht ich, sagte sie sich dann.

Vorne sah sie, wie die Flugbegleiterin den Servierwagen in den Gang schob. Ein Wasser oder Apfelsaft täte jetzt wirklich gut. Sie begrüßte die willkommene Unterbrechung und machte sich daran, das Tablett an der Rückseite des Sitzes vor ihr zu entriegeln.

»Hören Sie mir überhaupt zu?«, riss Jung sie aus ihren Gedanken.

»Bitte? Ja, natürlich. Ich habe nur Durst, Chef.«

»Okay. Löschen Sie Ihren Durst. Danach werde ich mich bemühen, Ihre Langeweile zu beenden.«

Seine Worte klangen wie eine freundliche Drohung. Sie lachte ihn verlegen an. Er lächelte hintergründig zurück.

Die Flugbegleiterin war bis zu ihnen vorgedrungen und fragte nach ihren Wünschen. Nachdem sie sie erfüllt hatte, rollte sie ihren Wagen weiter und Jung trat in den Gang. »Bin gleich wieder da«, raunte er seiner Nachbarin zu und verschwand nach vorn.

*

Sie hatten die erste Reihe okkupiert. Die Riedel schien zu schlafen. Neben Halsbenning waren die Sitze frei geblieben. Jung beugte sich zu ihm hinunter und flüsterte: »Darf ich Sie für einen Moment stören?«

»Was gibt es, Jung?«, antwortete der Angesprochene ebenso leise.

»Ich möchte etwas mit Ihnen besprechen. Darf ich mich setzen?«

»Wenn Sie wollen, bitte.«

»Danke. Es geht um die Praktikantin, Herr Staatsanwalt.«

»Was ist mit ihr?«

»Sie soll ja bei uns etwas lernen, nicht wahr? Nun ist meine Mission nicht gerade …«

»Fassen Sie sich kurz, Jung. Was wollen Sie?«

»Ich möchte, dass sie die Ermittlungsakte durchgeht. Die Stunden im Flugzeug müssen nicht nutzlos verstreichen und ich …«

»Herr Jung, Ihr Eifer in allen Ehren, aber so einfach geht das nicht. Sie ist, streng genommen, …«

»Für gute Polizisten ist es unverzichtbar, auch staatsanwaltliche Arbeit kennenzulernen«, unterbrach ihn Jung kühl. »Ich denke da an eine spätere Zusammenarbeit. Unkenntnis und Unverständnis sollten wir beizeiten zu eliminieren versuchen. Ihre Arbeit, Herr Staatsanwalt, wird mit schlecht ausgebildeten Kriminalbeamten ja nicht leichter.«

Jung unterbrach seine Ausführungen, um sie wirken zu lassen.

»Das ist ja alles ganz schön und gut, aber …«

»Sie wissen, wie lästig schlecht instruierte Beamte sein können, Herr Staatsanwalt.«

»Zugegeben, das ist immer ein Problem, und ich würde mir wünschen …«

»Die jungen Springer brauchen Futter, verstehen Sie?«

»Ja, ja. Schon richtig. Ich will nur nicht …«

»Vor allem brauchen Sie gutes Futter, Herr Halsbenning?«

»Das brauchen wir alle, Jung«, erwiderte der Staatsanwalt ungehalten und legte eine Denkpause ein.

»Im vorliegenden Fall ist es empfehlenswert, Frau Bakkens auch bei den anstehenden Befragungen hospitieren zu lassen«, setzte Jung leise nach. »Sie werden den Kommandanten und seine Offiziere vorladen, das steht ja außer Frage, und ich …«

»Selbstverständlich, deswegen fliegen wir ja rüber. Nur bin ich im Zweifel …«

»Sie sollte einen fundierten Einblick in die staatsanwaltliche Arbeit bekommen, denke ich. Von würdigen will ich noch gar nicht sprechen.«

»Das kann nicht schaden, das ist richtig«, pflichtete Halsbenning ihm widerwillig bei. Nach kurzem Sinnieren gab er entnervt nach.

»Okay. Aber sie soll die Klappe halten und Sie …«

»Ich werde sie entsprechend instruieren. Kann ich die Akte gleich mitnehmen?«

»Meinetwegen. Wenn es denn unbedingt sein muss. Aber sorgen Sie dafür, dass sie nicht alles durcheinanderbringt. Die Papiere sind akribisch durchgearbeitet und sortiert, okay?«

»Selbstverständlich. Danke für Ihr Entgegenkommen, Herr Staatsanwalt.«

»Schon gut.«

Halsbenning griff unter seinen Sitz und zerrte einen

Aktenkoffer hervor. Er reichte Jung einen Leitzordner und machte eine Handbewegung, als wolle er nicht länger gestört werden. Jung nahm die Akte entgegen und trollte sich zufrieden von dannen.

*

»So, da haben wir's,« überraschte er seine Schülerin.

»Was, Chef?«

»Ein spannendes Buch«, schmunzelte er.

Jung reichte ihr den Ordner und setzte sich zufrieden in seinen Sessel.

»Was ist das?«, fragte sie uninteressiert.

»Das ist der Fall der ertrunkenen Kadettin. Ich habe ihn von den Staatsanwälten. Sie halten das hier für wichtig. Jedenfalls für Québec.«

»Und was soll ich damit?«

»Sie sehen sich das an und berichten mir dann.«

»Okay. Und was machen Sie? Ich soll von Ihnen etwas lernen und nicht umgekehrt.«

Ganz schön kess, dachte Jung.

»Gehen Sie mal davon aus, dass ich den Fall nicht kenne. Ich weiß sozusagen nichts darüber, absolut null, Frau Bakkens.«

»Wieso sind Sie dann hier? Was machen Sie denn in Québec?«

»Ich soll die Damentoilette finden«, grinste er.

Sie fühlte sich veralbert. Sie wollte schon zu einer passenden Bemerkung ansetzen, bremste sich aber rechtzeitig. Es würde noch genug Gelegenheit geben, ihm seine Respektlosigkeit heimzuzahlen.

»Sie können mich übrigens beim Vornamen nennen. ›Frau Bakkens‹ finde ich unpassend. Meine Kollegen und Freunde nennen mich auch nicht so.«

»Ich bin nicht Ihr Freund. Wie reden Ihre Kollegen Sie denn an?«, erwiderte Jung.

»Lotti, Lotte, Charlotte, Bakkens, je nach Stimmungslage.«

»Okay. ›Charlotte‹ gefällt mir. Wenn Sie wollen, dann …«

»Ich bleibe bei *Chef*, damit das klar ist.«

»Gut. Wenn Ihnen das weiterhilft, Charlotte!«

Der Typ ging ihr allmählich auf die Nerven. Ihre Reise entwickelte sich nicht so, wie sie sich das vorgestellt hatte. Das Beste war, sie tat erst einmal, was von ihr verlangt wurde.

»Ich würde vorschlagen, Sie setzen sich nach hinten in eine der freien Reihen. Sie haben da Ruhe und genug Platz. Ich mache inzwischen ein kleines Nickerchen«, kam Jung ihr entgegen.

»Ja, okay«, entgegnete sie verstimmt.

Jung stand auf und machte ihr Platz.

»Ich möchte vor allem wissen, was Ihnen beim Durchlesen aufgefallen ist, Charlotte.«

»Wie meinen Sie das, Chef?«

»Na, irgendwas Besonderes, eine Ungereimtheit, vielleicht ein Widerspruch, etwas, das Ihnen befremdlich vorkommt, verstehen Sie?«

»Okay. Mach ich.«

»Seien Sie vorsichtig und bringen Sie nichts durcheinander. Der Staatsanwalt ist etwas pingelig.«

Sie atmete tief durch und war froh, dass sie sich absetzen konnte.

Jung rückte ans Fenster und starrte verloren in den stahlblauen Himmel. Er war als Bärenführer für die SOKO des Generalstaatsanwaltes engagiert worden. Und dabei sollte es bleiben, rief er sich noch einmal in Erinnerung. Leider kam ihm seine neue Aufgabe dazwischen. Warten wir's ab, sagte er sich und machte es sich bequem. Bald ging sein Atem regelmäßig, und kurz danach war er eingenickt.

BASTIAN

Ihre Hände waren kalt. Die klammen Finger versagten den Dienst. Ihre Kräfte reichten nicht aus, das Segel aufzugeien. Arme und Rücken schmerzten. Der Wind zerrte an ihren Haaren. Das Jaulen in der Takelage und das wild schlagende Segel machten ihr Angst. Als das Schiff überholte, wurde ihr das Tau aus der Hand gerissen und sie verlor den Halt auf dem Fußpferd. Sie warf sich über die Rahe und klammerte sich verzweifelt an das Handstag. Unter sich sah sie die schäumende See, dann kam das Deck ins Blickfeld. Es war so unendlich fern, so klein wie ein Spielzeug. Würde sie jemals wieder einen Fuß darauf setzen? »Schauen Sie nicht nach unten! Konzentrieren Sie sich ganz auf Ihre Arbeit im Rigg!«, schossen ihr die Anweisungen der Ausbilder durch den Kopf. Eine wilde Panik überschwemmte sie.

»Bastian, hilf mir!«, schrie sie ihrem Nebenmann zu. Der Wind riss ihr die Worte von den Lippen. Ein lautes Lachen war die einzige Antwort. Warum hatte sie sich nur als Toppsgast gemeldet? Warum hatte es unbedingt das Großroyal sein müssen?

»Bastian, hilf der Mutter deines Kindes!«, kreischte sie hysterisch gegen den heulenden Wind an. Er musste sie gehört haben.

»Ellen! Hau rein, Mädchen!«

Es schien ihr, als jubelte er. Sie strampelte mit den Beinen, bis sie das Fußpferd unter den Sohlen spürte. Der Wind zerrte an dem schweren Segel. Sie raffte ihre letzten Kräfte zusammen und versuchte, die hin und her schlagende Gording zu packen.

»Was ist los da oben?«, schallte es aus der Flüstertüte vom Mitteldeck. »Attacke, die Herrschaften. Aber dalli!«

Hör auf zu schreien, wimmerte sie innerlich, hilf mir lieber. Ihr wurde schwarz vor Augen. Das Schiff holte über. Sie ließ das Tau sausen und klammerte sich an die Rahe und das Handstag.

»Kadettin Schwarz, sofort niederentern. Das ist ein Befehl!«, kam es jetzt noch lauter von unten.

Apathisch hangelte sie sich in Richtung Bramstenge. Sie bekam den Fuß auf eine Webleine, steckte den rechten Arm durch die Want und klammerte sich fest. Sie wollte sich nicht aushaken. Sie wollte nicht noch einmal ohne Sicherung über die Saling klettern müssen. Sie blieb, wo sie war, und rührte sich nicht, starr vor Angst. Bevor sie der letzte Rest von Energie verließ, spürte sie ein Paar Fäuste, die sie am Lifebelt packten und wegzerrten. An das, was folgte, wollte sie sich später nicht mehr erinnern.

*

Heute kam er blitzartig aus der Hängematte. Er hatte nur auf den Weckruf gewartet. Der große Rotblonde aus dem Plattland, da oben im Nirgendwo, provozierte ihn, wo er nur konnte. Der Typ war immer der Schnellste. Bei der Frühmusterung stand er an seinem Platz, während er selbst noch durch das Schott aufs Mitteldeck hetzte. »Typisch bayrischer Knödelfresser«, hatte der ostfriesische Neandertaler ihn verspottet. Dazu grinste er süffisant auf ihn herab. Zu allem Überfluss hatten die Ausbilder an dem Ostfriesen nie was rumzumäkeln. Aber ich werde dauernd wegen irgendwelcher Kleinigkeiten zurückgepfiffen, bemitleidete er sich selbst.

»Herr Obergefreiter O. A. Wötzel, Sie lernen es nie. Wenn Sie weiter so machen, müssen Sie wieder zurück auf Ihre Alm. Auf der Alm, da gibt's ka Sünd! Wenigstens *das* sollten Sie doch wissen.«

Er hasste es, gemaßregelt zu werden und das Ziel von Hohn und Spott zu sein.

*

Es roch säuerlich nach Schweiß und ungewaschenen Füßen. Heute störte ihn das nicht. Dieses Mal musste es klappen. Waschen und Anziehen waren nicht das Problem, nur das Einrollen der Hängematte. Er konzentrierte sich darauf, sein Zeug rasch zu einem runden, glatten Sack zusammenzubinden und dichtzuschnüren. Er prüfte abschließend noch einmal, ob auch das letzte Zipfelchen unter der prallen Außenhaut verschwunden war. Dann warf er sich die Riesenwurst über die Schulter und eilte den Niedergang hoch an Oberdeck.

Die Sonne war aufgegangen. Ein frischer Wind blähte die Segel. Das Schiff krängte leicht. Er hatte kein Auge und kein Gefühl für seine Umgebung. Sein Blick erfasste den Musterungsplatz auf dem Mitteldeck. Die Ausbilder warteten darauf, dass der Schiffsbauch seine schläfrige Fracht ausspuckte. Unterhalb des Schornsteins standen sie breitbeinig auf dem Teakdeck und unterhielten sich mit … dem Rotschopf. Wie immer stand er als Erster an seinem Platz, vor sich den makellos geschnürten Sack, das ewige Grinsen im Gesicht.

»Guten Morgen, Kadett Wötzel. Geht doch. Weiter so!«, begrüßte ihn sein Ausbilder.

Er unterdrückte den derben Fluch, der ihm auf den Lippen lag.

»Guten Morgen, Herr Obermaat.«

Am liebsten hätte er ausgespuckt. Fängt an wie ein richtiger Scheißtag, dachte er. Wortlos stellte er sich neben den Rivalen, den Sack vor sich aufgestellt. Er stierte auf die vorbeirauschende See und wartete geduldig ab. Nach Jens und ihm kam eine Zeit lang niemand. Dann trollten sich die ersten verschlafenen Gestalten an Deck und bauten sich neben ihnen zu einer Reihe auf. Es waren fast immer die gleichen Typen. Sie gingen in der Regel ohne Beanstandung durch. In der zweiten Reihe standen die langsameren und lässigeren Kameraden. Ganz hinten reihten sich die müden und gelangweilten ein. Nach einiger Zeit auf See gab es auch einige widerwillige. Sie krochen als Letzte an Deck zusammen mit den Mädels.

Seine Augen folgten Ellen, wie sie, ihre gerollte Hängematte mit beiden Armen umklammernd, an Deck stolperte. Das Ding schien sie zu erdrücken. Der Scheiß hört auch niemals auf, fluchte er lautlos vor sich hin. Was für ein Rindvieh muss ich gewesen sein, dass ich mich mit der eingelassen habe, dachte er bitter. Was hatte sie ihm da oben zugerufen: Hilf der Mutter deines Kindes? Zum Teufel auch! Die spinnt doch. Die kann doch nicht im Ernst glauben, dass ich ihr das abnehme nach der coolen Nummer, die sie abgezogen hat. Was sollte das Ganze? Wahrscheinlich war sie da oben nur in Panik geraten, beschwichtigte er sich. Weiber sagen da schon mal ziemlich abgefahrene Sachen. Nur so aus Scheiß, um zu sehen, wie man reagiert. Warum musste sie auch unbedingt da oben im Großmast rumturnen? Am Besan hätte sie ganz easy an Deck bleiben und an den Tampen reißen können. Was treibt diese Weiber nur an?, fragte er sich nicht zum ersten Mal. Was wollen die überhaupt auf diesem Schiff? Genügt es nicht, wenn *wir* uns den Arsch aufreißen und uns dabei auch noch anbrüllen lassen? Verdammte Axt, hatte sie vielleicht tatsächlich andere Sorgen?, begann er zu zweifeln. Schwanger zu sein, ist das Allerletzte, was man hier brauchen kann. Gesagt hat sie aber nichts. Vielleicht weiß sie es selbst erst seit Kurzem, überlegte er. Verdammte Scheiße! Was ist, wenn es stimmt? Nee, nein, niemals, das darf nicht sein. Er wollte Offizier werden und nicht Vater. Das war so total klar wie sonst nichts anderes auf der Welt. Das muss sie einfach kapieren, feuerte er sich an, egal, was passiert ist. Wenn nicht, wird sie's halt auf die harte Tour lernen müssen. Dafür ist so'n Schiff doch da. Nur deswegen sind sie überhaupt hier, versuchte er sich zu überzeugen.

Er stierte geradeaus über das Meer an den Horizont. Kein Schiff, nichts als Leere und Wasser. Selbst der Himmel war leer. Reichlich öde, dachte er.

»Kadett Wötzel, was ist los? Sind Sie krank?«, rief ihn sein Ausbilder an.

Er erschrak und sah sich verdattert um. Dann ergriff er hastig sein schweres Bündel, warf es sich über die Schulter und rannte hinter seinen Kameraden her nach vorn an das Schott zum Niedergang. Hatte er was Wichtiges verpasst? Musste er jemanden fragen? Mist aber auch, das hatte man nun davon.

DIE PASSAGIERIN

»Darf ich mich zu Ihnen setzen?«

Jung schreckte hoch, drehte sich um und hatte eine Uniform vor der Nase. Sie gehörte einer jungen Frau.

»Ja, bitte sehr«, entgegnete er zögerlich und sah sie forschend an.

»Ihre Kollegin hat mich zu Ihnen geschickt, befohlen sozusagen«, beeilte sie sich zu erklären und lächelte verlegen.

»So, hat sie das. Das ist aber nett von ihr.«

Sie lachten, und Jung lud sie mit einer Geste ein, sich neben ihn zu setzen.

»Ich bin tatsächlich nur wegen ihr hier, wissen Sie. Wir kamen ins Gespräch. Sie meinte, Sie müssten unbedingt hören, was ich zu erzählen habe. Eigentlich wollte ich schlafen.«

»Hat sie Sie etwa gestört?«, unterbrach sie Jung.

»Nein, nein! Ganz im Gegenteil. Sie ist sehr freundlich. Aber ich war schon vorher entschlossen, muss ich dazu sagen.«

»Entschlossen? Zu was?«

»Wir wissen doch ganz genau, wer Sie sind und was Sie in Québec wollen. Ellens Tod ist unter uns Gesprächsthema. Das ist doch wohl klar.«

»Ja, das kann man sich denken. Ich bin aber …«

»Eigentlich soll ich gar nicht mit Ihnen reden«, unterbrach sie ihn leise.

»Was? Wer will Ihnen das verbieten?«

»*Verboten* ist nicht ganz korrekt. *Empfohlen* ist besser. Unser Offizier hat uns vorher gebrieft. Sie sollen in Ruhe Ihre Arbeit machen können.«

»Glauben Sie denn, Gespräche könnten uns davon abhalten? Das ist ein abwegiger Gedanke. Kommunikation ist das A und O in unserem Job.«

»Na ja, er meinte nur, es schwirrten schon zu viele Märchen und Gerüchte durch die Gegend. Wir sollten uns lieber da raushalten.«

»Gerüchte? Hat Sie meine Kollegin deswegen zu mir geschickt?«

»Nein, nein. Ganz im Gegenteil. Das ist es ja gerade! Ich fragte sie nach ihrer Lektüre. Der Untersuchungsakte. Und dann erzählte ich ihr, dass ich die Tote persönlich gekannt habe.«

»Ach so, ich verstehe. Kluges Mädchen, meine Kollegin.«

»Ja, finde ich auch. Sie ist wirklich cool. Modern und selbstbewusst.«

»Modern? Hm, ja, mag sein.«

»Warum veralbern Sie sie eigentlich?«

»Veralbern?« Jung zog heftig die Augenbrauen hoch.

»Sie hat mich vor Ihnen gewarnt.«

»Gewarnt! Mein Gott, was habe ich denn Schlimmes getan?«

»Ich soll mich nicht abschrecken lassen, hat sie mir geraten.«

Jung riss sich zusammen und beendete die Diskussion: »Okay. Sagen Sie mir einfach, was Sie so Wichtiges auf dem Herzen haben.«

»Wichtig, ich weiß nicht. Ich wollte eigentlich nur mal sagen, dass an den Gerüchten und Märchen über Ellen nichts dran ist. Wie gesagt, ich kannte sie persönlich. Ich habe sie getroffen und ...«

»Wie oft?«, unterbrach Jung ihren Redefluss.

»Nur ein Mal. Zugegeben. Aber das Gespräch mit ihr war genauso toll wie mit Ihrer Kollegin. Überhaupt, ich finde, dass sie sich ziemlich ähnlich sind.«

»Wer?«

»Die Polizistin und Ellen. Einstellungsmäßig, meine ich. Nicht figurmäßig. Da war Ellen viel kleiner und zierlicher. «

»Ah ja. Und das haben Sie ihr gesagt?«

»Nein, nicht so. Ich meine nur ...«

»Okay. Erzählen Sie. Alles und ganz langsam. Ich werde Sie nicht mehr unterbrechen. Versprochen.«

»Na gut. Also, ich traf Ellen im Speicher. Das ist eine Discokneipe für Schüler, Studenten und so weiter. In Flensburg. Sie hatte gerade bei der Marine angefangen und ich hatte Leerlauf nach dem Abitur, verstehen Sie?«

»Ja, das soll vorkommen.«

»Ich wusste nicht, was ich beruflich machen wollte. Sie war solo, ich war solo. Wir wollten abhängen, chillen, wenn Sie so wollen. Dabei kamen wir ins Gespräch. Sie erzählte mir, dass sie Ärztin werden wolle. Ich fragte, was sie dann bei der Marine zu suchen habe. Sie erklärte mir, dass die Marine Ärzte brauche. Sie bezahlt das Studium und von Anfang an ein ordentliches Gehalt. Man muss sich hinterher nur ein paar Jahre verpflichten. Man kann auch vorher wieder gehen, wenn man will. Das Geld für die Ausbildung muss man dann natürlich zurückzahlen, das ist ja klar. Na ja, und dann schwärmte sie von den Möglichkeiten: zur See fahren, die Welt kennenlernen und so weiter und so fort. Sie war sehr überzeugend und selbstgewiss, das kann ich Ihnen versichern. Mir hat das imponiert. Ich hab mich dann auch gleich beworben. Hat geklappt, wie Sie sehen. Das ist eigentlich schon alles. Ich finde es nur traurig, dass sie so sinnlos ums Leben gekommen ist. Sie hat Besseres verdient.«

Jung nickte mehrmals und schwieg. Die Soldatin sah ihn an und wartete auf eine Reaktion. Nach einer Weile sagte er: »Warum erzählen Sie mir das? Finden Sie, das ist für die Aufklärung der Todesumstände wichtig?«

»Ich finde total mies, welche Märchen und Gerüchte über sie im Umlauf sind. Einfach unfair, verstehen Sie?«

»Ah ja! Jetzt verstehe ich. Sie glauben, sie in Schutz nehmen zu müssen. Wovor?«

»Vor Verleumdung.«

»Sie fürchten, ihr Andenken wird besudelt. Okay. Aber das ist *eine* Sache, ihr Tod eine *andere*.«

»Ihr wird ja nachgesagt, sie sei depressiv gewesen, wollte eigentlich gar nicht an Bord, sie wäre labil gewesen und hätte Probleme mit Männern gehabt, von wegen schwanger und so weiter. Sogar Selbstmordabsichten wurden ihr unterstellt. Das ist alles großer Quatsch. Das wollte ich nur mal loswerden.«

»Okay. Völlig klar. Und was Sie mir erzählt haben, haben Sie meiner Kollegin auch erzählt.«

»Ja. Sie hat mich sehr gut verstanden und …«

»… Sie zu mir geschickt«, ergänzte Jung lächelnd.

»Genau. Wollten Sie mich nicht ausreden lassen?«

»Entschuldigung. War mir nur so rausgerutscht.«

»Schon gut. So schlimm sind Sie nun auch wieder nicht.«

»Nett von Ihnen. Danke.«

»Also, ich hab gesagt, was ich sagen wollte. Diesmal an die richtige Adresse. Vielleicht kriege ich ja jetzt etwas Schlaf.«

»Danke, dass Sie mit uns geredet haben. Gehen Sie wieder nach hinten?«

»Ja. Wieso?«

»Sagen Sie bitte meiner Kollegin, sie soll zu mir kommen, wenn sie fertig ist. Ich werde sie auch nicht wieder veralbern.«

»Okay, mach ich«, erwiderte sie lächelnd und stand auf.

*

Es dauerte, und Jung fragte sich schon, ob Charlotte über ihrer Lektüre eingeschlafen war. So dick war die Akte nicht. Und furchtbar aufregend allem Anschein nach auch nicht. Schließlich war es so weit. Sie setzte sich neben ihn und gab ihm die Akte zurück.

»Da sind Sie ja. Schon fertig?«, begrüßte er sie grinsend.

Sie sah ihn vorwurfsvoll an und machte keine Anstalten zu antworten. Jung fühlte sich in die Defensive gedrängt. Dann sagte er: »Vielleicht sollte ich was nachholen. War nicht klug von mir.« Als sie weiter stumm blieb, fuhr er fort: »Meine Aufgabe ist es nur, die Staatsanwälte zu beraten. Weiter nichts, verstehen Sie?«

Sie rührte sich nicht und sah ihn unverwandt an.

»Okay, okay. Entschuldigen Sie meinen blöden Spruch von vorhin«, bemühte sich Jung weiter. »Aber er trifft im Prinzip zu. Es hat Fehler im Vorfeld gegeben. Ich soll helfen, weitere Fehler auszuschließen. Ich habe Erfahrung in der Marine, die Staatsanwälte nicht, nicht mal, wo sie die Damentoilette finden. Das stammt nicht von mir, sondern …«

»Ich habe auch keine Erfahrung, Chef!«, unterbrach sie ihn, als wäre sie wieder zum Leben erwacht.

»Sie sind Praktikantin, Charlotte. Sie tragen keine Verantwortung.«

»Gut. Das sehe ich ein, Chef.«

»Schön, dass wir da einer Meinung sind«, atmete Jung erleichtert auf.

»Sie arbeiten also gar nicht an dem Fall?«

»Nein.«

»Und was soll ich dabei?«

»Lernen.«

»Was denn?«

»Die erste Lektion haben Sie bereits ausgelassen. Jetzt gibt es eine zweite.«

»Das Aktenstudium. Richtig?«

»Richtig. Ich bin gespannt. Ihre Botschafterin habe ich schon angehört.«

»Ja, ja. Entschuldigung. Nettes Mädchen, etwas gefühlsduselig. Sie sorgt sich um den guten Ruf der Toten. Nicht weiter bedeutend. Für den Fall, meine ich. Der Hergang scheint mir ziemlich klar.«

»Berichten Sie. Langsam, bitte.«

»Wie gesagt, das meiste verstehe ich überhaupt nicht. Ein einziges Kauderwelsch.«

»Kauderwelsch?«

»Dieses Seemannslatein! Anluven, Beaufort, Williamsturn, vierkant brassen, Ober-dingsda-Segel, was weiß ich.«

»Gut. Dann erzählen Sie mir lieber, *was* Sie verstanden haben.«

»Okay. Also, das Mädchen hatte Wache an der frischen Luft, vorne am Bug, nachts im Dunkeln. Als Ausguck. Vorschriftsmäßig beim Brückenoffizier angemeldet. Über Sprechfunk mit ihm verbunden. Das Wetter war nicht leicht, aber auch nicht so schwer, dass Segel geborgen oder besondere Sicherheitsmaßnahmen hätten ergriffen werden müssen. Laut Brückenoffizier-Handbuch, wohlgemerkt. Das ist mir übrigens richtig ans Herz gewachsen.«

»Wieso?«, unterbrach sie Jung.

»Die haben für alles und jedes Vorschriften und Regeln. Sogar der Wortlaut der Befehle ist exakt festgelegt. In Deutsch und Englisch. Im Brückenoffizier-Handbuch wird alles festgehalten. Ein Monster muss das sein.«

»So weit klar. Weiter!«

»Dann gab es vorne einen gellenden Schrei. Sowohl der Rudergänger als auch der Brückenoffizier haben ihn gehört. Der Offizier ruft den Ausguck über Sprechfunk an. Erfolglos. Er leitet auf der Stelle ein Mann-über-Bord-Manöver ein. Das heißt, er stoppt das Schiff und lässt ein Rettungsboot zu Wasser. Die Manöver sind genau beschrieben. Habe aber, wie gesagt, nichts davon kapiert. Laut Aufzeichnungen geht alles wie am Schnürchen.«

»Exakt nach dem Brückenoffizier-Handbuch, nehme ich an.«

»Richtig. Es wird in den Aussagen der Offiziere auf die Feststellung Wert gelegt, dass Mann-über-Bord-Manöver geübt werden. Dennoch braucht so was seine Zeit. Ein Segler ist kein Ruderboot. Alle Mann plus Kommandant sind alarmiert und an Deck.«

»Gemäß Handbuch, nicht wahr?«, warf Jung dazwischen.

»Das ist nicht explizit festgehalten, aber zu vermuten, ja. Der verantwortliche Offizier hatte inzwischen auch die allgemeine Schifffahrt und den Rettungsdienst an Land alarmiert. Alle Schiffe im Umkreis suchen mit, ebenso Hubschrauber und Seenotrettungskreuzer aus Borkum und Helgoland. Die Zeiten sind alle registriert und im Logbuch festgehalten. Das ging ziemlich zügig, meiner unmaßgeblichen Meinung nach. Die Dunkelheit und der Seegang kamen aber erschwerend hinzu. Später wurden auch Militärjets mit Wärmebildkameras eingesetzt. Alles erfolglos. Man ist der Überzeugung, dass die Matrosin schnell gestorben ist. Sie trug keine Schwimmweste und keinen Kälteschutzanzug, was nicht zu beanstanden ist, weil es den Vorschriften entsprach.«

»Laut Brückenoffizier-Handbuch. Ich hab's kapiert.«

»Sehr gut, Chef«, applaudierte sie ihm trocken, um dann fortzufahren,

»Das Wasser hatte 13 Grad, die Wellen sollen um die zwei Meter hoch gewesen sein. Nach einer Woche wird die Suche eingestellt. Später findet ein Fischereiaufsichtsboot ihre Leiche bei Helgoland. Die Mariner sind einhellig der Meinung, die Matrosin hätte sich durch eigenen Leichtsinn in Schwierigkeiten gebracht und sei über Bord gefallen. Sie sei in der Vergangenheit schon einmal unangenehm aufgefallen, soll sich dann aber gebessert und akzeptabel geführt haben. Das ist, zusammengefasst, der Inhalt der Ermittlungsakte.«

Jung nickte mehrmals mit dem Kopf.

»Und? Was sagen Sie dazu?«, fragte er lauernd.

»Also, nochmals, ich habe von der Marine keine

Ahnung. Mich hat aber beeindruckt, wie schnell die reagiert haben. Auch ihre Möglichkeiten und der wahnsinnige Aufwand.«

»Ja, das finde ich auch«, bemerkte Jung nachdenklich. »Noch was?«

»Was meinen Sie, Chef?«

»Sind Ihnen weitere Gedanken gekommen? Was halten Sie zum Beispiel von der Erzählung unserer Mitpassagierin?«

»Um ehrlich zu sein, gar nichts. Jedenfalls nichts von Bedeutung. Die Ertrunkene scheint mir überfordert gewesen zu sein. Da passiert schon mal was. Auf See und auf einem Segelschiff eben mit schlimmen Folgen, könnte ich mir vorstellen.«

»Ja, so kann man das sehen«, bemerkte Jung nachdenklich.

»Ich unterhielt mich vorhin auch mit ein paar männlichen Kadetten«, fuhr sie fort. »Die hatten eine Menge …«

»Sieh einer an«, fiel er ihr ins Wort. »Sie haben also schon Verehrer.«

»Eine zweifelhafte Ehre«, konterte sie wenig amüsiert. »Einer fiel mir allerdings auf. Er sieht das ziemlich realistisch, meiner Meinung nach.«

»Was sieht er denn?«

»Er sagte, die Tote sei bekannt gewesen. ›Berüchtigt‹ sagte er nicht, aber sein Tonfall war so, als wollte er so verstanden werden.«

»Berüchtigt als was?«

»Als Emanze mit überzogenem Selbstwertgefühl, übermotiviert, aber unterbelichtet. Ich fasse das mal mit meinen Worten zusammen. Sie hätte ihre Möglichkeiten permanent überschätzt. Außerdem soll sie Spaß daran gehabt haben, ihre männlichen Kameraden erst anzumachen und dann in die Wüste zu schicken.«

»Ja, das passt einerseits zusammen, andererseits wiederum nicht. Der Ton macht die Musik. Merkwürdig!«

»Merkwürdig? Was ist daran merkwürdig, Chef?«

»Wie das Bild derselben Person aus der Sicht eines anderen vollständig zerbröselt.«

»Oder sich zusammensetzt. Vielleicht haben sie unterschiedliche Informationen.«

»Vielleicht haben sie unterschiedliche Augen, Ohren, Nasen. Unterschiedliche Gene sicherlich auch noch.«

»Ist doch nur natürlich, Chef. Das muss man immer auf der Pfanne haben.«

Jung sah sie aufmerksam an und schwieg.

»Es gibt auch dumme Menschen, Chef«, fügte sie beflissen hinzu. »Von denen dürfen sie nicht erwarten, dass sie das Gleiche sehen wie schlaue.«

Charlotte Bakkens, du fängst an, mir Spaß zu machen, dachte Jung. Und gleichzeitig wurde ihm bewusst, dass er mitten im Fall der ertrunkenen Kadettin angekommen war. Seine Unlust hielt sich in Grenzen.

»Na gut. Was machen wir nun, Bakkens?«

»*Ich* warte auf die nächste Lektion.«

Sie lachten verhalten.

»Okay, bevor wir dazu kommen, habe ich noch was anderes: Haben Sie den Obduktionsbericht in der Akte gefunden?«

»Nein. Der war da nicht.«

»Sicher?«

»Sicher!«

»Und eine Auflistung ihrer Hinterlassenschaft, gibt es die?«

»Nicht in der Akte, Chef.«

»Na gut. Ich habe übrigens mit dem Staatsanwalt vereinbart, dass Sie an den Vernehmungen teilnehmen.«

»Die neue Lektion?«, fragte sie emotionslos.

»Lektion Nummer drei, ja. Bringen Sie die Akte dem Staatsanwalt bitte zurück. Sie haben doch nichts durcheinandergebracht, oder?« Er reichte ihr den Ordner und lächelte sie an.

»Nein. Das ist nicht meine Art.«

»Hätte mich auch gewundert. Ich glaube, wir sollten versuchen, noch 'ne Mütze voll Schlaf zu kriegen.«

Sie erhob sich und verschwand nach vorne. Als sie nach einer längeren staatsanwaltlichen Einweisung in die Gepflogenheiten bei Vernehmungen zurückkam, hatte Jung seinen Kopf in ein Kissen gekuschelt und an die Kabinenwand gelehnt. Er schien eingeschlafen zu sein. Er hing so entspannt in seinem Sitz, dass er herauszurutschen drohte. Sein Anblick erinnerte sie entfernt an einen kleinen Jungen. Aber das Bild erregte keine Rührung in ihr. Sein Unterkiefer war heruntergefallen und sein Mund stand offen. Die linke Wange hing schlaff über dem Kragen seines Hemdes. Er sah irgendwie blöd aus, stellte sie mit Bedauern fest.

ZWEI TECHNIKER

»Welcome to Canada, Mr. Jung.«

Die Beamtin blätterte in seinem Pass und schien darin zu lesen wie in einem Roman. Die Staatsanwälte und die Praktikantin waren schon lange vor ihm in der Halle verschwunden und hinter ihm stauten sich die Kadetten.

»What's your business in Canada, Mr. Jung?«

»Consulting and investigation.«

Die Beamtin hob den Kopf und musterte ihn.

»Okay, Sir. It will take just a minute. Please follow me.«

Jung wollte fragen, was los sei. Ihm fielen nicht gleich die richtigen Vokabeln ein und er folgte der korpulenten Frau wortlos und mit einem Gefühl der Unsicherheit. Sie führte ihn einen langen Flur entlang und komplimentierte ihn am Ende in ein Wartezimmer. Hinter Jung schloss sich die Tür.

Der Raum hatte den Charme einer Gefängniszelle. Vor ihm hatte zwei Männer das gleiche Schicksal ereilt. Sie saßen stumm auf ihren Plastikstühlen und sahen ihn aus ergebenen Augen an.

»Hallo«, begrüßte sie Jung.

»Willkommen in Nordamerika«, kam es mit falscher Fröhlichkeit zurück. »Wir kennen das schon, Herr …?

Wir sind übrigens mit der gleichen Maschine gekommen wie Sie.«

»Ich habe Sie gar nicht gesehen. Ich heiße Jung. Angenehm.«

Die beiden nannten ihre Namen. Er könne sie auch gar nicht gesehen haben, beruhigten sie ihn. Sie hätten bei den Piloten vorne im Cockpit gesessen. Sie seien Techniker vom Marinearsenal Kiel und öfter zu Auslandseinsätzen unterwegs. Sie hätten das gleiche Ziel wie er. Jung unterließ zu fragen, woher sie wussten, welches Ziel er hatte. Er glaubte, die Antwort auch so zu kennen.

»Der ganze Wirbel um den Unfall. Auch wir sind deswegen hier«, bestätigte der jüngere Jungs Vermutung.

»Warum hält man uns fest?«, kam Jung zur Sache.

»Wohin sind Sie in letzter Zeit eingereist?«, fragte der ältere sarkastisch. »Nach Nahost, nach Afrika oder etwa nach Cuba?«

»Afrika. Dschibuti, um ganz genau zu sein.«

»Von denen haben wir auch einen Stempel im Pass. Das dauert.«

»Was dauert?«, fragte Jung alarmiert.

»Die checken jetzt in aller Ruhe alle Negativ-Listen in allen Computern rund um die Welt. Natürlich nur die, in die sie reinkommen. Und das sind viele. Wir wissen davon ein Lied zu singen. Seien Sie froh, dass Sie nur einen falschen Stempel im Pass haben. Wir haben auch noch verdächtig schweres Gepäck.«

»Und was ist damit?«, fragte Jung verwirrt.

»Ersatzteile und Werkzeuge. Wir hätten lieber Schlafsäcke mitnehmen sollen.«

Jung setzte sich und legte den Kopf in den Nacken. Er erinnerte sich, davon gehört zu haben. Der Sicherheitsfanatismus der USA hatte paranoide Züge angenommen. Das schien abzufärben. Was hatte der Marineattaché in Ottawa eigentlich unternommen, fragte er sich. Waren die Staatsanwälte schon unterwegs? Wohin? Was machte Charlotte? Den Galgenhumor seiner Zellengenossen würde er sich noch erarbeiten müssen.

»Machen Sie sich's gemütlich im Land der unbegrenzten Möglichkeiten«, lachte der jüngere gallig.

»In Singapur hatten wir es neulich besser«, fügte der ältere höhnisch hinzu.

Jung hatte genug gehört. Er versuchte, sich in Geduld zu üben.

»Sie sagten eben, Sie seien wegen des Unfalls hier«, stellte er nüchtern fest. Seine Schicksalsgenossen hatten sich vornübergebeugt, die Unterarme auf ihre Schenkel gelegt und die Köpfe baumeln lassen. Sie waren der Blödsinnigkeiten, die ihnen auf ihren Reisen rund um die Welt begegneten, überdrüssig, glaubte Jung sie zu verstehen. Der jüngere richtete sich auf.

»Wir werden ein paar Suchscheinwerfer auf dem Schiff anbauen und die Relings begutachten. Wird aber nicht viel bringen, meiner Meinung nach.«

»Warum? Was soll es denn bringen?«

»Na ja, die Suchscheinwerfer sind schon 'ne gewisse Verbesserung. Nachts ist ja ohne Licht absolut nichts zu sehen. Aber bei Seegang, ich weiß nicht. In die Wellentäler sehen Sie auch mit Scheinwerfern nicht rein und die Kämme sind nur sehr kurz im Lichtkegel.«

»Sie müssten schon sehr genau wissen, wo Sie zu suchen haben«, ergänzte sein Kollege.

»Und die Relings?«, fragte Jung mit wachsendem Interesse.

»Ich weiß wirklich nicht, was das soll. Scheint mir überflüssig, daran herumzuschrauben. Eine Reling ist eine Reling. Jeder Seemann weiß das.«

»Aber in unserem Fall offensichtlich nicht«, warf Jung ein.

»Eben! Da haben Sie völlig recht. Das Mädchen ist ja sogar über die Luvkante verschwunden. Das geht doch gar nicht! Ein Sailor geht doch nicht über die Luvkante außenbords. Dafür braucht es schon eine besondere Begabung.« Der Techniker schüttelte den Kopf.

»Und wo fiele ein richtiger Sailor über Bord?«, fragte Jung, neugierig geworden.

»Gar nicht! Ein richtiger Sailor ist nicht blöd und schon gar nicht leichtsinnig. Wenn überhaupt, dann ist ihm irgendwas passiert. Wenn er, aus welchen Gründen auch immer, den Halt verliert, dann fällt er über die Leekante ins Wasser. Und wenn da 'ne Reling im Weg steht, dann muss er schon vorher sehr heftig was abbekommen haben.«

»Das ist ja interessant. Was sollen Sie denn an den Relings begutachten?«

»Ob man da irgendwas machen kann. Von wegen besserer Schutz. Aber meiner Meinung nach ist das kompletter Schwachsinn.«

»Auch bei hohem Seegang?«

»Wenn die Brecher einsteigen, hat man da draußen nichts verloren, es sei denn, es ist absolut notwendig. In dem Fall sichert man sich extra ab. Mit Strecktauen und Lifebelts meinetwegen.«

Der Techniker hatte sich erregt. Jetzt lehnte er sich zurück und winkte gelangweilt ab.

»Weiber an Bord. Das kann ja nix werden.«

Jung legte den Kopf wieder in den Nacken und starrte gegen die Decke. Nichts als Gipsplatten und Leuchtstoffröhren. Er versuchte, sich vorzustellen, wie es dem Mädchen da draußen auf dem Schiff, auf ihrem Posten bei Wind und Wellen, ergangen war. Was hatte sie bewegt, wie war ihr zumute gewesen, an was hatte sie gedacht und was hatte sie getan, dass sie in Todesgefahr geraten und darin umgekommen war? Wenn er ehrlich war, dann wusste er nicht viel, jedenfalls lange nicht genug, um zu einem fundierten Urteil zu kommen. Seine Fantasie reichte nicht aus, sich in die Lage der jungen Frau zu versetzen. Er hatte noch nie einen Fuß auf einen Dreimaster gesetzt, war noch nie auf einem Segelschulschiff zur See gefahren und hatte keine Vorstellung davon, was es heißt, nachts bei Windstärke sieben und zwei Meter

Seegang auf dem Vorschiff eines Großseglers Wache zu gehen. Aber ihre Ausbilder hatten das zu wissen. Dafür waren sie da und dafür waren sie ausgewählt worden.

»Spielen Sie Skat?«

Jung wurde jäh aus seinen Gedanken gerissen und richtete sich auf.

»Ja, leidlich«, reagierte er verdattert. »Früher habe ich öfter gespielt.«

»Früher?«

»In meiner Studentenzeit.«

»Ah, so! Prima. Für Gelegenheiten wie diese haben wir ein Kartenspiel dabei.«

»Wir spielen gern eine verschärfte Version«, fügte der jüngere munter hinzu. »Heißt Molotow, nach dem ehemaligen Außenminister der Sowjetunion, Gott hab sie selig«, kicherte er.

»Und wie geht das?« Jung fand Gefallen an dem Gedanken, sich die öde Zeit mit einem Kartenspiel namens Molotow zu vertreiben.

»Das Reizen fällt flach. Der Spieler links vom Geber muss das Spiel machen. Auf fünf Karten wird angesagt: Grand, Farbe oder Ramsch. Nach drei Runden, wenn jeder die drei Möglichkeiten durch hat, kommt die sogenannte Genickschussrunde. Das heißt, Ansage, ohne eine einzige Karte gesehen zu haben, mit anderen Worten, auf blauen Dunst. Nach zwölf Spielen ist dann Schluss. Ansonsten gelten die Skatregeln inklusive Zählen und Abrechnen. Ein Cent pro Punkt.«

»Die Chancen sind gleichmäßiger verteilt. Jeder muss spielen. Mauern ist nicht. Der Gewinn ist höher, der Verlust entsprechend schmerzlich. Sehr übersichtlich das Ganze und zeitlich begrenzt«, ergänzte der ältere.

»Okay. Wer gibt?«, fragte Jung entschlossen.

*

Als die korpulente Beamtin die Tür öffnete, stand Jung mit gut 25 Euro in der Kreide. In der Zwischenzeit war er schon einmal mit achtfünfzig im Plus gewesen.

»Everything okay, gentlemen.« Sie überreichte ihnen ihre Pässe. »Your baggage is already outside. Have a nice time in Canada. Good bye.«

»Good bye«, echoten die Männer gleichzeitig.

Als sie das Tageslicht zu Gesicht bekamen, lag die Sonne auf dem Horizont, und es begann zu dämmern. Vor dem Arrival erwartete sie ein Mariner. Er hatte ihr Gepäck schon in einem riesigen Toyota Geländewagen verstaut und begrüßte sie.

»Willkommen in Québec. Da sind Sie ja endlich. Ich soll Sie gleich ins Hotel fahren.«

»Wissen Sie, wo meine Kollegin und die Staatsanwälte sind?«, fragte Jung.

»Die sind noch an Bord. Wenn ich Sie abgesetzt habe, bringe ich die Kisten aufs Schiff und transportiere die Herrschaften anschließend zu Ihnen. Sie wohnen im gleichen Hotel.«

Jung war es recht so. Auf dem Weg in die Stadt blickte er interessiert aus dem Fenster. Das war nicht Europa. Das hatte er auch nicht erwartet, aber auch nicht diese Wildnis so nahe an einer Großstadt. Er hatte den Eindruck, als sei die Zivilisation eingedampft und als lockte da draußen eine gefährliche Freiheit. Sein Eindruck verblasste auch nicht, als sie die Vorstädte von Québec passierten. Auf der mehrspurigen Autoroute sah er auffällig viele Pick-ups und Offroader, rechts und links ausgedehnte Einkaufscenter, Parkplätze, so groß wie mehrere Fußballfelder, moderne Zweckbauten aus Beton und Glas, tennisplatzgroße Billboards. Später, nachdem sie die Auroroute verlassen hatten, fuhren sie vorbei an eng aneinandergereihten Holzhäusern, bunt wie in Norwegen, mit struppigen Vorgärten, Klimakästen an Fassaden und Fenstern, Versorgungsleitungen an schief stehenden Holzmasten und Trottoire, aus denen in den Fugen der Pflasterung Unkraut wucherte.

Der fünfgeschossige Hotelklotz lag außerhalb von Vieux-Québec, an der rue de la Couronne gegenüber des Jardin de Saint-Roch. Sie wurden schon ungeduldig erwartet. Es war inzwischen früher Abend geworden. Der Farbige an der Rezeption händigte ihnen die Codekarten für die Zimmer aus. Jung hinterlegte eine Nachricht für Mlle. Bakkens. Dann machte er sich auf die Suche nach seiner Schlafstätte.

In den langen Fluren schwebte ein Mief aus Raumspray und Desinfektionsmittel. Zimmer reihte sich an

Zimmer, und die Treppenhäuser waren nur Fluchtwege vor Feuer und Gewalt. Er nahm einen der vielen Aufzüge in den zweiten Stock. Er kam sich vor wie in einer Kaserne. Die roten Teppiche und die Bilder an den Wänden der Flure heiterten ihn nicht auf. Dagegen erschienen ihm das geräumige Zimmer und das großzügige Bad mit Bidet, extragroßem Schminkspiegel und diversen Körperpflegemitteln von Sutton&Foster wie ein unpassender Luxus. Der zweifelhafte Komfort wurde ihm zusätzlich schal angesichts von Fenstern, die nicht zu öffnen waren, von dunkler, schwerer Möblierung aus Holzimitat und von Plastikmarmor und goldglänzenden Billigarmaturen.

Jung hielt sich nicht lange auf. Er warf sich so, wie er war, nur ohne Schuhe, auf das breite Doppelbett und schlief sofort ein.

DER LAUSCHER

Heute hatte der Erste Offizier Großreinschiff auf den Dienstplan gesetzt. Während das Schiff stundenlang geschrubbt und gewienert wurde, verholte er sich in seine aufgeklarte, saubere Pantry und machte Pause. Draußen stand er nur im Weg. Die Pantry gegenüber der Offiziersmesse war sein Reich. Hier herrschte er unumstritten. Niemand durfte seine Ordnung durcheinanderbringen. Selbst die Reinigungsarbeiten überließ er nicht den Gasten, die dafür abgeteilt waren. Er hasste es, wenn sie dennoch ab und zu sein Reich betraten, um Fundsachen abzugeben oder irgendetwas zu erledigen, was die Ausbilder und Offiziere ihnen befohlen hatten. Die Kadetten wussten, dass sein Reich eigentlich tabu für sie war.

Er lehnte sich an die Kühlschranktür und zog seinen Flachmann aus der Brusttasche. Nebenan in der Offiziersdusche rumorte die Reinigungsgang. Er nahm einen kräftigen Schluck, schraubte den Verschluss wieder zu und blickte versonnen auf das silberne Schmuckstück. Sein Vater hatte es ihm vererbt. Von nebenan hörte er Mädchenstimmen. Sie scheuchten ihn aus seiner Andacht auf. Sofort fiel ihm die Kadettin ein, mit der sein Sohn zusammen gewesen war und von der er geschrieben hatte. Warum war sie nicht mit ihm in Kontakt getreten?, fragte er sich bitter.

Er vernahm Schritte und das Klappern eines Eimers. Geschieht den Mädchen ganz recht, dachte er. Er prostete sich noch einmal zu und stürzte einen ordentlichen Schluck Wodka hinunter. Sein Schlund brannte. Frauen hatten an Bord nichts verloren. Sie brachten nur Unglück. Das wusste jeder, der sich auf den Weltmeeren den Titel Seemann verdient hatte. Dabei dachte er wieder an seinen toten Sohn. Er spülte die aufkeimende Wut mit einem weiteren Zug hinunter. Ich werde die Mädchen im Auge behalten, schwor er sich. Eine von ihnen musste es ja gewesen sein. Er würde die Dienstpläne am Aushang im Vorschiff studieren und danach wissen, wann und auf welcher Station sie Wache gingen. Er setzte den Flachmann nochmals an, schraubte den Verschluss zu und steckte den Flachmann wieder weg.

*

»Hast du schon mit ihm gesprochen, Ellen?«

»Schließ die Tür, Ina.«

*

Er hörte, wie ein Schott geschlossen wurde und dann das Scharren eines Koppels an der Wand. Er lauschte angespannt.

*

»Warst du schon im Revier, Ellen? Ich würde das als Erstes tun.«

»Du glaubst doch nicht im Ernst, dass ich auch nur den klitzekleinsten Gedanken darauf verschwende. Zu diesem fetten Ekel von Schiffsarzt? Niemals! Der Typ ist aus Scheiße, da kommt auch nur Scheiße raus.«

»Aber was willst du denn machen? Du musst dir was einfallen lassen, wenn du wieder klarkommen willst.«

»Weiß ich, Ina, weiß ich. Übermorgen machen wir in Schlicktown fest. Bis dahin ist mir was eingefallen.«

»Hast du denn nun mit Bastian gesprochen oder nicht?«

»Wo denn, wann denn, wie denn? Ina, ich bitte dich! Auf diesem Scheißdampfer bist du nie allein, es gibt kein ruhiges Plätzchen, alle hören mit und machen blöde Witze. Der Arsch lacht mich aus. Ich weiß noch nicht einmal genau, ob es überhaupt etwas zu besprechen gibt.«

»Was ist nur los mit dir, Ellen?«

»Was soll sein? Alles Scheiße!«

»Warum sitzt du da rum wie ein kaputter Käfer?«

»Ich bin müde, verstehst du? Alle naselang Wache, dazwischen Unterricht, keinen Schlaf. Scheißschiff! Ich möchte endlich mal wieder in einem richtigen Bett schlafen.«

*

Klang nicht gut, was die beiden sich zu erzählen hatten. Keine gute Wahl, falls es eine von den beiden gewesen sein sollte, dachte er bestürzt. Aber das war ziemlich unwahrscheinlich. Sein Sohn hätte eine andere ausgewählt. Da war er ganz sicher. Er fragte sich zum wiederholten Mal, warum Frauen überhaupt an Bord gelassen wurden.

*

»Du bist nicht die Einzige, Ellen. Sei ehrlich, da ist doch was oberfaul. Nun erzähl schon!«

»Wenn ich das nur wüsste. Ist alles zu viel für mich, Ina, verstehst du? Aus dem Mast geholt, Bastian sieht mich auch nur noch mit dem Arsch an, meine ausbleibende Periode, die Sache mit Momme. Ach, was weiß ich. Ich bin einfach fertig, Ina.«

*

Er erschrak. Seine Augen weiteten sich. Seine Hand fuhr instinktiv zu seiner Brusttasche. Er hielt aber in der Bewegung inne und legte stattdessen das Ohr an die Wand.

*

»Was hattest du eigentlich mit Momme am Laufen?«

»Gar nichts.«

»Gar nichts? Wirklich?«

»Absolut gar nichts, Ina. Ich schwör's.«

»Hätte mich auch gewundert, wenn du mit diesem Asi was angefangen hättest.«

»Asi? Wieso?«

»Hast du das nicht bemerkt? Der kam doch von ganz unten. Hatte ’nen Geschmack wie ’n Ossi. Was war denn los an dem Abend?«

»Scheiße. Wirklich, absolute Scheiße. Ich hatte Langeweile und wollte nur ’n bisschen Spaß.«

»Und? Hattest du?«

»Der Typ war so öde wie ’ne Ölsardine.«

»Und?«

»Er wollte mich angraben. Stotterte rum wie ein Spastiker.«

»Und weiter? Was war dann?«

»Ich ließ ihn sitzen. Fertig, scheiß drauf. Sagte ich doch schon.«

»Ein Loser also. Toller Abgang. Äußerst witzig.«

»Er hatte getrunken.«

»Besoffen von der Pier gekippt. Das passt zu diesen Typen.«

»Meine Lieblingsjacke ist auch weg. Schöne Scheiße!«

*

Er holte den Flachmann hervor und stürzte einen kräftigen Schluck hinunter. Seine Unterlippe zitterte. Der Wodka tropfte ihm übers Kinn. Hastig wischte er die Flecken vom Hemd. Das Telefon erlöste ihn. Er nahm sein Ohr von der Wand, ergriff den Hörer und meldete sich.

»Steward ... Ja, Herr Kap'tän ... Wie viel? ... Wann? ... Okay, nach Reinschiff ... Gut, Herr Kap'tän, bin schon unterwegs.«

Er hängte den Hörer zurück und beeilte sich, die Wünsche des Kommandanten zu erfüllen. Seine Hände zitterten und er vergoss etwas Kaffee. Abwesend starrte er die Lache auf der Arbeitsplatte an. Bis zur Kajüte des Kommandanten waren es nur ein paar Schritte. Es dauerte nicht lange, bis er zurück war.

*

»Die sind doch alle Schisser, Ina. Hast du gesehen, wie sie rumeiern, wenn sie in unsere Nähe kommen?«

»Den Eindruck habe ich nicht. Der 2. Segeloffizier ist in Ordnung. Sieht auch noch klasse aus.«

»Das tut Bastian auch. Wenn du auf sie zählst, bist du im Arsch. Aber ganz tief, Ina.«

»Die Offiziere müssen sich zurückhalten. Die kommen doch in Deubels Küche, wenn sie mit einer von uns was anfangen.«

»Sag ich ja. Alles Schisser: große Klappe, nix dahinter.«

»Gilt das auch für den hübschen Blondschopf von der Steuerbordwache, mit dem du in Glasgow rumgemacht hast?«

»Halt die Klappe, ja! Das geht dich einen feuchten Kehricht an.«

»Mein Gott, dir muss es ja echt schlecht gehen.«

»Scheiß was drauf, Ina, es gibt …«

Die Tür zur Dusche wurde aufgestoßen.

»Ah, sieh mal an, die Ärztinnen in spe. Wie immer gemeinsam in der Dusche. Das ist hier kein Spa, meine Damen. Maatin O. A. Schwarz, kommen Sie gefälligst auf die Beine. Haben Sie auch das Sieb herausgenommen und den Abfluss gereinigt?«

»Noch nicht, Herr Obermaat.«

»Dann wird's aber Zeit. ASAPst, wenn ich bitten darf. In einer Viertelstunde ist Ronde. Sonst sind Sie doch auch immer so flott unterwegs. Attacke, die Damen!«

»Zu Befehl, Herr Obermaat!«, kam es lahm zurück.

*

Das war sie also, Ellen Schwarz. Der Name dröhnte in seinem Kopf. Er hatte das Gefühl, als würde sein Herz im nächsten Moment aufhören zu schlagen. Er würde den Namen niemals vergessen. Und Ina auch nicht.

QUÉBEC

Der kleine Gnom hatte tatsächlich Ernst gemacht. Nach nur wenigen Minuten, die sie auf Jung warteten, drängte er zum Aufbruch. Er wolle sofort zum Schiff gebracht werden, ließ Halsbenning den Fahrer wissen. Eingeschüchtert fügte der sich dem Diktat des Staatsanwaltes. Es stünde ja noch ein weiterer Wagen bereit, um zwei Techniker und ihre Kisten aufs Schiff zu schaffen. Der Kriminalkommissar könne auch dort mitfahren.

Entlang des St.-Lorenz-Stroms fuhren sie unterhalb der Altstadt von Québec in den Außenhafen. Das Schiff lag im Vieux-Port am Quai 19 direkt vor der Zollverwaltung. Charlotte erhaschte einen Blick auf das Chateau Frontenac, das sie von Fotos her kannte. Überhaupt kam ihr der Anblick der Stadt vertraut vor. Könnte auch Europa sein, dachte sie und freute sich auf ihre morgendlichen Joggingrunden.

Das Schiff enttäuschte sie. Neben den zwei gewaltigen Luxuslinern, die an der langen Pier nebenan am Ufer des Stroms vertäut lagen, wirkte der Segler mit seinen dünnen Masten und Rahen winzig und antiquiert, wie das Überbleibsel aus einer Zeit, die nur noch in den Obsessionen nostalgisch versponnener Männer lebendig war, und über das die Welt schon längst ihr abschließendes Urteil gesprochen hatte. Der nasse Tod der Kadettin kam ihr plötzlich irreal vor. Lächerlich. Einfach sinnlos. Hollywood fiel ihr ein und der ›Fluch der Karibik‹. Sie musste sich ins Bewusstsein rufen, dass das hier die Wirklichkeit war und nicht Johnny Depp und seine niedliche Piratenbraut.

Der Erste Offizier begrüßte sie am Fallreep und führte sie sogleich zum Kommandanten. Sein Logis war komfortabel, gemessen an der Enge, die ihnen auf ihrem kurzen Gang über das Schiff begegnet war. Der Mann gefiel ihr. Er war schlank und sehnig. Sie wusste auf der Stelle, dass er regelmäßig Sport trieb und ein Jogger sein musste. Sie spürte das so deutlich wie ihr eigenes Verlangen nach Bewegung und den schmerzlichen Mangel nach der langen Reise. Vielleicht würde sich eine gemeinsame Gelegenheit ergeben, dachte sie. Der Gedanke ließ sie lächeln.

Viel Vorgeplänkel gab es nicht. Sie begrüßten sich kurz und stellten sich gegenseitig vor. Halsbenning kam sofort zur Sache. Er rannte bei dem Kapitän offene Türen ein. Es schien ihr, als wollte der die missliche Angelegenheit ebenso schnell vom Tisch bringen wie der Staatsanwalt auch. Die Riedel hielt sich betont zurück. Die beiden waren ein eingespieltes Team. *Er* übernahm die Gesprächsführung: auf Abstand bedacht, bissig und unnachgiebig bis zur Gemeinheit. *Sie* sorgte mit scheinbar dummen Fragen für Klarstellungen und Erläuterungen, die für das nötige Verständnis eines Laien unerlässlich waren. So ergaben sich wie beiläufig Einblicke in den unterschiedlichen Ausbildungs- und Kenntnisstand der Besatzung. Auch unterschiedliche Meinungen und Urteile kamen ans Tageslicht. Die Mariner kamen ins Schwitzen. Die Stimmung kippte mit fortschreitender Zeit.

Sie fing an, die beiden mit anderen Augen zu sehen. Vielleicht lag das auch daran, dass sie sich in ihrem eigenen Urteil bestätigt sah und sich nicht mehr als blutige Anfängerin fühlte. Je länger die Befragungen anhielten, desto deutlicher schien zu werden, dass der Fall als Unfall einzustufen war, für den niemand anderer verantwortlich gemacht werden konnte als die Tote selbst. Dennoch ließen die Staatsanwälte die Mariner im Zweifel. Die Atmosphäre lud sich unheilvoll auf. Das Zuhören fiel ihr leicht. Ihre Konzentration blieb hoch. Die Strategie und Ausdauer der Staatsanwälte nötigten ihr Respekt ab.

Gelegentlich musterte sie den Kommandanten. Er hatte darum gebeten, bei der Befragung seiner Besatzung anwesend sein zu dürfen. Die Staatsanwälte hatten keine Einwände erhoben, sich aber vorbehalten, bei Bedarf auch ohne ihn auszukommen. Sie sah dem Kapitän an, dass er gern das eine oder andere Mal dazwischengegangen wäre. Er beherrschte sich aber und schwieg eisern. Irgendwann zwischendurch stand er auf, griff zum Telefon und bestellte eine Runde Kaffee. Halsbenning unterbrach seine Befragung und sah ihn an, sagte aber nichts und fuhr gleich darauf in seiner Arbeit fort.

Der Mann, der ihnen den Kaffee brachte, passte nicht

hierher. Nicht nur, weil er keine Uniform trug. Seine dicken Brillengläser machten riesige Augen. Sie irrten nervös zwischen den Anwesenden hin und her. Er hatte einige Mühe, den Kaffee, ohne zu kleckern, einzuschenken. Mittel- und Ringfinger seiner rechten Hand waren verkrümmt. Er konnte sie nicht strecken. Diese Krankheit hatte einen fremdartigen Namen, fiel ihr ein. Er arbeitete so, als sei er taubstumm. Was hatte dieses Faktotum hier verloren?

»Danke, Erwin. Ich melde mich, wenn ich noch etwas brauche«, entließ ihn der Kommandant.

So eine Art Butler, dachte sie und probierte den Kaffee. Wenigstens der war gut.

*

Am Ende schien alles geklärt zu sein. Nur die Frage, ob Anklage erhoben werden würde oder nicht, ließ Halsbenning offen. Es gäbe noch das eine oder andere näher zu beleuchten, ergänzte die Riedel sibyllinisch. Ihr schien diese Bemerkung infam und nur mit der Absicht gemacht, die Mariner nicht in Sicherheit zu wiegen und sie unter Spannung zu halten. Warum?, fragte sie sich.

Es war spät geworden. Sie hatte Hunger. Die Staatsanwälte sicherlich auch. Ein wohlwollender Gastgeber hätte das gespürt und für Abhilfe gesorgt, insbesondere auf einem Schiff, das dafür alle Voraussetzungen mitbrachte und sich auch noch einen Butler leistete.

Aber der Kapitän hatte keine Anstalten in diese Richtung unternommen. Er war bis zum Schluss kontrolliert und höflich. Aber er war sauer. Das schien ihr mehr als deutlich.

Die Verabschiedung war förmlich. Man verabredete sich auf den nächsten Vormittag. Der Kapitän nahm sie zur Seite.

»Frau Bakkens, Sie sind die Assistentin von Kommissar Jung. Wo ist er?«

»Ich bin Praktikantin bei Kriminaloberrat Jung. Zuletzt habe ich ihn bei der Passkontrolle gesehen.«

»Ach so! Ich verstehe. Dschibuti«, er lächelte vielsagend.

»Was?«, fragte sie verblüfft.

»Okay. Schon gut. Könnten Sie ihm etwas ausrichten?«

»Sicher. Um was geht es?«

»Wenn es passt, würde ich den Kommissar und Sie natürlich auch morgen Mittag gern zum Essen bei mir sehen.«

»Ich werde es ihm ausrichten. Wo und wann?«

»Hier an Bord. Zwölf Uhr. Grüßen Sie ihn bitte von mir.«

Er reichte ihr zum Abschied die Hand.

Draußen leuchteten die ersten Sterne am Himmel. Ein Mariner komplimentierte sie in ein bereitstehendes Auto, um sie in ihre Unterkunft zu fahren. Nachdem sie eingestiegen und die Türen ins Schloss gefallen waren, breitete sich Stille aus. Die Staatsanwälte schwiegen, als hätten sie niemals etwas anderes getan. Sie schloss die Augen und lehnte sich zurück. Ihr Hunger und die einsetzende Entspannung machten sie müde.

Im Hotel überreichte ihr der Farbige an der Rezeption ihre Codekarte und eine Nachricht von Jung. Er wolle sie gleich nach ihrer Ankunft sprechen. Sie erkundigte sich nach seiner Zimmernummer und der Telefondurchwahl. Auf ihrem Zimmer angekommen, beschloss sie, es bei einem leichten Snack aus der Minibar zu belassen und zu versuchen, Jung auf morgen zu vertrösten. Sie griff zum Telefon und musste lange warten.

»Jung«, meldete er sich verschlafen.

»Bakkens. Sie wollten mich sprechen.«

»Wo sind Sie?«

»Im Hotel.«

»Wie spät ist es?«

»Ziemlich spät. Es ist dunkel draußen. Ich bin hundemüde.«

»Sie sind erst jetzt angekommen?«

»Gerade eben. Die Befragungen haben den ganzen Nachmittag und Abend gedauert.«

»Mein Gott, warum haben die es so eilig?«

»Halsbenning will so schnell wie möglich wieder nach Hause. Wo waren Sie denn?«

»Ich bin von der Kontrolle aufgehalten worden. Endlos. Mein Pass hat den Behörden Magenschmerzen bereitet.«

»Ach so«, erwiderte sie uninteressiert. »Es war ein langer Tag. Aber jetzt ist er vorbei.«

»Okay. Sie sind müde. Schlafen Sie erst einmal. Wann geht es weiter?«

»Morgen um neun.«

»Gut, dann treffen wir uns gegen acht beim Frühstück. Sie berichten mir dann.«

»Okay, Chef. Geht in Ordnung. Ich soll Sie übrigens vom Kapitän grüßen. Er scheint Sie von irgendwoher zu kennen.«

»Wie heißt er denn?«

Sie nannte ihm den Namen.

»Ja, den kenn ich. Das letzte Mal war er Kommandant einer Fregatte.«

»Was haben Sie mit ihm zu tun gehabt?«

»Ach Gott. Das ist eine lange Geschichte. Ich erzähle sie Ihnen vielleicht später mal.«

»Er hat uns zum Mittagessen aufs Schiff eingeladen.«

»Schön. Wir reden morgen weiter. Gute Nacht, Charlotte.«

»Gute Nacht, Chef.«

Ihre Neugier war aufgeflackert, aber schnell wieder erloschen. Nach einer halben Stunde hatte sie sich unter die Bettdecke verkrochen und überließ sich ihrer Müdigkeit.

DER TAG DANACH

»Guten Morgen, Charlotte.«

»Guten Morgen, Chef.«

Sie sahen sich gegenseitig auf die Frühstücksteller und lachten.

»Wir scheinen den gleichen Geschmack zu haben«, bemerkte Jung amüsiert.

»Für meinen Geschmack gibt's hier nichts. Außer Obst.«

»Geht mir ähnlich. Pfannkuchen mit Ahornsirup, gebratener Speck, Rührei und Würstchen sind nicht unbedingt das, was ich mir zum Frühstück wünsche. Ich vermisse Joghurt und Müsli.«

»Und ich Hirse- und Buchweizenbrei.«

»Brei? Oh Gott. Klingt krank. Jedenfalls in meinen Ohren.«

»Hirse und Buchweizen sind alles andere als krank«, erwiderte sie emphatisch. »Sie sorgen unter anderem für ein harmonisches Säure-Basen-Verhältnis im Körper. Die Liste der säurebedingten Krankheiten ist lang. Aids, Krebs, Cellulitis ...«

»Schon gut«, winkte Jung ab. »Bitte, keine Vorträge auf nüchternen Magen. Ist das ein Hobby von Ihnen?«

»Was meinen Sie? Vorträge halten?«

»Nein«, lachte er. »Gesunde Ernährung.«

»Ja. Für mich sind Sport, Ernährung, Gesundheit beziehungsweise Krankheit sehr wichtig. Man muss seinen Körper pfleglich behandeln, wenn's einem gut gehen soll. Nicht Kosmetik oder so 'n Kram. Ich fühle mich nur gut, wenn ich auch gut zu meinem Körper bin.«

»Ah, deshalb sehen Sie so gut aus«, bemerkte er amüsiert.

»Ihre Ironie können Sie sich sparen, Chef«, erwiderte sie sachlich.

»Ich meine das nicht ironisch. Sie sehen taufrisch aus, kein bisschen verschlafen. Was nicht verwunderlich wäre.«

»Ich bin vorher joggen gegangen. Danach sehe ich immer so aus«, erklärte sie nüchtern.

»Wie bitte? In dieser Steinwüste? Wann stehen Sie denn auf?«

»Nach Sonnenaufgang. Und Steinwüste ist übertrieben. Würde mich aber auch nicht abhalten. Ich habe schon eine Strecke gefunden.«

»Wie denn, wenn ich fragen darf?«

»Sie dürfen, Chef. Gestern sah ich auf dem Schreibtisch des Kapitäns einen Stapel Flyer liegen: Québec, ville et région. Davon habe ich mir einen genommen.«

Jung zog die Augenbrauen hoch.

»Ich habe ihn vorher gefragt, Chef.«

»Okay. Und?«

»Er enthält einen Stadtplan. Danach bin ich losgetrabt.«

»Ah ja. Und wohin?«

»Gleich rechts aus dem Hotel über die Hauptstraße, dann ein paar Stufen runter in das putzige Wildwestviertel mit den vielen Holzhäusern und weiter in Richtung Fluss.«

»Sie meinen den St.-Lorenz-Strom, richtig?«

»Richtig. Da läuft man fast ohne lästigen Autoverkehr bis zu einer dicken Verkehrsader: Grande Allee est. Habe ich mir genau gemerkt. Dahinter liegt der Parc des Champs-de-Bataille. Einfach ideal. Ich traf dort auf andere Jogger. Man grüßt sich. Profis unterhalten sich auch gern ein bisschen.«

»Und was machen Nichtprofis?«, unterbrach sie Jung schmunzelnd.

»Nichtprofis japsen nach Luft.«

»Verstehe.«

»Aber das größte Ding kommt noch.« Sie machte eine Pause und sah ihn Aufmerksamkeit heischend an. Jung machte ihr die Freude und fragte: »Was? Nun machen Sie's nicht so spannend.«

»Okay. Der Park liegt auf einem Hochplateau. Es fällt aus ziemlicher Höhe über eine Felswand steil zum Flussufer ab.«

»Sie meinen den St.-Lorenz-Strom.«

»Ja, natürlich. Was denn sonst. Also, an der Steilküste, genau genommen am Cap-Blanc, das hatte mir ein Mitläufer verraten, gibt es so eine Art Schlucht, durch die eine Holztreppe führt. Über sie kommt man nach unten.«

»Oder nach oben«, schob Jung dazwischen.

»Ja, klar. Die Treppe ist lang, sehr lang.«

»Na und? Was ist daran so toll?«, fragte er ahnungslos.

»Sie hat so viele Stufen, dass ich mit dem Zählen aufgehört habe. Im Laufschritt einmal rauf und runter, und ich weiß genau, was ich drauf hab oder nicht. Ich hab's geschafft«, triumphierte sie.

»Und jetzt sind Sie stolz auf sich.«

»Ja. Zu Recht. Ich lobe mich ungern selbst. Aber in diesem Fall …!« Sie ließ den Rest in der Schwebe.

»Ich bin kein Läufer. Dennoch: Chapeau!«

»Danke. Sie sollten das auch mal machen. Gehen natürlich. Laufen sollten Sie lieber nicht.«

»Rauf oder runter?«

»Rauf. Ich an Ihrer Stelle …«

»Charlotte, Entschuldigung. Ich sehe gerade die Staatsanwälte am Büffet. Habt ihr was abgemacht?«

»Ja. Ein Fahrer holt uns ab. Um neun geht's weiter.«

»Wo?«

»Auf dem Schiff.«

Er sah auf die Uhr.

»Es ist kurz vor neun. Die fangen gerade erst an.«

»Ich geh mal rüber und frage.«

Sie erhob sich und verschwand zwischen den Tischen in Richtung Büffet. Jung lehnte sich zurück und starrte uninteressiert in die Runde. Sie hatten sich verquatscht. Dabei wollte er sie eigentlich über den gestrigen Nachmittag ausfragen. Er richtete sich auf. Sie war schon auf dem Weg zurück und setzte sich wieder zu ihm.

»Das Auto kommt eine Stunde später. Sie haben darum gebeten. Es gibt vorher noch Arbeit.«

»Gut. Dann erzählen Sie doch mal, was gestern los war.«

»Okay. Eigentlich nichts Tolles. Ich glaube, die Staatsanwälte sind von einem Unfall überzeugt, an dem keiner Schuld trägt außer das Opfer selbst.«

»Darauf waren Sie selbst auch schon gekommen. Geht es etwas präziser? Wen haben sie befragt? Über was genau?«

»Offiziere und Ausbilder. Die Befragung drehte sich im Wesentlichen darum, ob es Fehler, Pannen, Unaufmerksamkeiten oder Mängel gegeben hat, die eine mögliche Rettung vereitelt haben könnten.«

»Natürlich gab's keine, vermute ich mal. Die Staatsanwälte waren ja schon vorher überzeugt.«

»Nein, so einfach lief das nicht. Sie sind ein gutes Team, meiner Meinung nach.«

»Was?«, rief Jung verblüfft. »Wieso glauben Sie das, Bakkens?«

»Die Rollenverteilung war perfekt. *Er* gibt den harten Hund, und *sie* stellt scheinbar harmlose Fragen. Die

Mariner kamen ganz schön ins Schwitzen. Die Stimmung kühlte schnell ab und war am Ende ziemlich gereizt.«

»Warum denn?«

»Die Staatsanwälte ließen erkennen, dass unter Umständen doch noch Anklage erhoben wird.«

»Obwohl sie überzeugt sind, dass kein Fremdverschulden vorliegt?«

»Das ist mein persönlicher Eindruck, ja.«

»Ah, ich verstehe. Und heute machen sie den Schwitzkasten noch einmal auf.«

»Damit rechne ich, ja.«

Jung nickte mehrmals mit dem Kopf. Dann wechselte er abrupt das Thema.

»Haben Sie gestern etwas gelernt?«

»Ja, ich denke schon. Nur, ehrlich gestanden, weiß ich nicht, was das Ganze soll. Es scheint alles klar zu sein.«

»Und sonst?«, bohrte Jung weiter. »Ist Ihnen irgendetwas aufgefallen? Ein Widerspruch, ein verdächtiger Gleichklang in den Aussagen, irgendeine Abnormität oder Ähnliches?«

»Die einzige Abnormität waren die verkrüppelten Finger des Seemanns, der den Kaffee einschenkte. Taubstumm schien er auch noch zu sein.«

Sie lachten.

»Krankheiten, Ihr Hobby. Ich weiß.«

»Ja, ich wusste sogar schon mal den Namen. Vielleicht fällt er mir wieder ein.«

»Okay. Dann wollen wir uns das mal ansehen. Gehen wir.«

*

Der Fahrer war pünktlich. Nach der Begrüßung hatten sich die Staatsanwälte nach Jungs Verbleib erkundigt. Niemand erwartete lange Erklärungen von ihm. Er war froh darüber. Jung musterte die beiden aufmerksam. Halsbenning schien nicht gut geschlafen zu haben. Er sah müde aus und trug einen mürrischen Gesichtsausdruck zur Schau, der auf nichts Gutes schließen ließ.

Wie die Staatsanwältin die Nacht zugebracht hatte, vermochte er unter ihrem perfekten Make-up nicht zu beurteilen. Heute trug sie einen halblangen schwarzen Rock, unter dem ein paar stämmige bestrumpfte Beine zu sehen waren. Jungs Blick verweilte länger auf einer Laufmasche oberhalb ihres linken Knöchels. Sie passte nicht in das Bild, das sie bemüht war, von sich zu entwerfen, dachte Jung. Sein Blick erregte sofort ihre Aufmerksamkeit. Sie sah an sich herunter. Jung hatte das sichere Gefühl, als würde sie erröten. Nur ihr Make-up bewahrte sie vor der Entdeckung. Sie wandte sich in einer raschen Bewegung dem wartenden Auto zu.

Die Fahrt war kurz. Die Begrüßung durch die Schiffsführung ebenfalls. Die Staatsanwälte guckten verdutzt, als der Kommandant seiner Freude Ausdruck gab, Jung an Bord zu sehen.

»Wir kennen uns von früher«, bemerkte der Kapitän beiläufig. Halsbenning nickte griesgrämig. Die Riedel tat so, als hätte sie nichts gehört. Jung bedankte sich für die Einladung zum Essen und sie verschoben alles Weitere auf den Mittag.

Die Verhöre wurden in die Suite des Kommandanten verlegt. Der Wohnraum war geräumig und repräsentativ wie auf einer großen Jacht. Dennoch wurde Jung an seine Zeit auf dem Kriegsschiff erinnert. Vielleicht lag es nur an der Person des Kommandanten und der Uniform. Die Staatsanwälte, die Praktikantin und er nahmen an dem großen Tisch Platz. Gegenüber blieb ein Armstuhl frei. Der Kapitän saß an seinem Schreibtisch.

»Wir haben noch Fragen an den verantwortlichen Wachoffizier, Herr Kapitän«, begann Halsbenning. »Würden Sie ihn bitte rufen lassen?«

Während sie warteten, fiel zwischen den Anwesenden kein Wort. Schließlich betrat der Oberleutnant den Raum. Jung schätzte ihn auf Mitte, Ende 20. Er war nicht sehr groß, etwas füllig und erinnerte in seinem marineblauen Arbeitshemd mit aufgekrempelten Ärmeln, abgewetzten Bordhosen und knautschigen Seestiefeln eher an einen Fischdampferkapitän als an einen schneidigen Marineoffizier. Er grüßte kurz und nahm auf dem freien Stuhl Platz.

»Wir haben gestern Ihre Einlassungen zur Sache angehört«, begann Halsbenning. »Ich fasse mal kurz zusammen: Während Sie hinten auf dem Oberdeck vor dem

Kartenhaus Wache gingen, hörten Sie vom Vorschiff einen Schrei. Sie wussten, dass die Kadettin dort als Ausguck auf Station war. Sie riefen sie über Sprechfunk an, bekamen aber keine Antwort. Darauf leiteten Sie gemäß Brückenoffizier-Handbuch … Das ist doch so richtig, nicht wahr?«

»Korrekt.«

»… also gemäß Brückenoffizier-Handbuch ein Mann-über-Bord-Manöver ein. Alle nötigen Befehle und Maßnahmen wurden zeitgerecht umgesetzt. Dennoch waren Ihre Bemühungen unzureichend. Die Kadettin konnte nicht gerettet werden. Ist das so richtig wiedergegeben?«

»Im Großen und Ganzen schon. Nur das Wort ›unzureichend‹ ist nicht korrekt. Ich würde sagen, wir haben alles Menschenmögliche …«

»Was menschenmöglich ist oder nicht, beurteilen *wir*, nicht *Sie*. Deswegen sind wir hier. Die Kadettin war verschollen. Also reichten die Rettungsmaßnahmen nicht aus. Das ist doch logisch. Stimmen Sie mit mir darin überein?«

»Ja, schon. Aber Sie müssen …«

»Wir müssen gar nichts, Herr Oberleutnant. Kommen wir zum nächsten Punkt. Sie hatten die Verantwortung für das Schiff und seine Besatzung von Mitternacht bis vier Uhr früh. Ist das richtig?«

»Korrekt.«

»Hatten Sie vorher ausreichend Schlaf?«

»Ausreichend Schlaf? Das ist eine gute Frage. Man bekommt ...«

»Ich will nicht wissen, was *man* auf diesem Schiff bekommt oder nicht, sondern ob *Sie* ausgeschlafen waren, Herr Oberleutnant.«

»Mein Gott, was heißt schon ...«

»Herr Oberleutnant, mir scheint, Sie haben den Ernst der Lage nicht begriffen. Es geht hier um ein Menschenleben. Also nochmals: Hatten Sie ausreichend Schlaf?«

»Ja.«

»Das müssen wir überprüfen, Frau Staatsanwältin.« Er blätterte in der Akte und schien nachzudenken. »Noch etwas dazu, Herr Oberleutnant: Waren Sie im Vollbesitz Ihrer Kräfte?«

»Wie meinen Sie das? Was ...«

»Der Herr Staatsanwalt meint, ob Sie am Abend zuvor vielleicht mit Ihren Kameraden gemütlich beisammengesessen haben«, mischte sich die Riedel ein. »Treffen dieser Art sind doch nicht verboten, oder?«

»Wenn wir in See stehen, haben wir unsere Aufgaben und Arbeiten. Wir feiern nicht.«

»Erklären Sie mir bitte kurz, welche Aufgaben Sie meinen?«

»Das Schiff sicher von A nach B zu bringen und die Kadetten auszubilden, damit ...«

»Genau *das* ist Ihnen ja nicht gelungen, Herr Oberleutnant, sonst wäre unser Aufenthalt auf Ihrem Schiff nicht nötig«, schaltete sich Halsbenning wieder ein.

»Ich bin nicht für alles verantwortlich. Meine Aufgaben habe ich nach bestem Wissen und Gewissen erfüllt.«

»Darüber steht ein Urteil noch aus. Und das war auch nicht meine Frage. Noch einmal: Waren Sie im Vollbesitz Ihrer körperlichen und geistigen Kräfte?«

»Ja.«

»Frau Kollegin«, wandte er sich erneut an seine Nachbarin, »erinnern Sie mich bitte daran, den Ersten Offizier dazu zu befragen.«

Sie nickte.

»Jetzt zum nächsten Punkt. Als Sie den Schrei hörten, wo waren Sie da genau?

»Ich stand im Steuerbordwachstand.«

»Auf dem Oberdeck vor dem Kartenhaus?«

»Korrekt.«

»Und Sie konnten den Schrei trotz des herrschenden Sturms und der tosenden See deutlich hören?«

»Das Wetter war optimal. Wir machten ordentlich Fahrt …«

»Das wollte ich nicht wissen. Ich wollte wissen, ob Sie unter Umständen einen Hilferuf überhört haben könnten.«

»Es herrschte kein Sturm. Die See war aufgewühlt, aber nicht gefährlich. Die Geräusche waren völlig normal.«

»Normal? Offensichtlich war gar nichts normal, sonst hätte es keinen Unfall gegeben.«

»Also, Sie sehen das …«

»Was ich sehe oder nicht, ist hier nicht gefragt. Die Frage ist, ob Sie einen Hilferuf überhört haben könnten.«

»Ich habe nur einen einzigen Schrei gehört. Sonst nichts.«

»Könnten Sie anderweitig abgelenkt gewesen sein?«

»Ich ging Wache. Glauben Sie …«

»Was ich glaube, steht hier nicht zur Debatte. Zur Debatte steht, ob Sie sich ausschließlich auf Ihre Arbeit konzentrierten. Haben Sie das?«

»Natürlich. Was wollen Sie mir unterstellen? Ich muss …«

»Der Staatsanwalt will Ihnen gar nichts unterstellen«, versuchte die Riedel, die Lage zu entspannen. »Aber es liegt doch nahe, dass Sie zum Beispiel mal telefoniert haben könnten. Sie segelten in Küstennähe, also in Reichweite terrestrischer Handynetze. Da bietet es sich doch einfach an, mit seinen Lieben Kontakt aufzunehmen. Sie waren lange von zu Hause weg. Wie lange eigentlich?«

»Fünf Monate, zwei Wochen und drei Tage.«

»Sehen Sie, das ist doch Grund genug, nicht wahr?«

»Das Telefonieren mit privaten Handys ist verboten. Werden Sie dabei erwischt, setzt es Disziplinarstrafen. Als Wachgänger muss man noch Schlimmeres befürchten.«

»Sie haben also nicht telefoniert?«

»Nein.«

»Da sollten wir bei den anderen noch mal nachhaken, Frau Kollegin«, übernahm Halsbenning wieder das Verhör. »Kommen wir zum nächsten Punkt. Wer war außer Ihnen noch an Oberdeck?«

»Die beiden Rudergänger.«

»Erinnern Sie sich sich an ihre Namen?«

»Ja«, erwiderte der Offizier pampig.

»Und?«, setzte Halsbenning gereizt nach. »Wie hießen sie?«

»Jens Eilers und Bastian Wötzel.«

»Beides junge Kadetten. Richtig?«

»Ja.«

»Frau Kollegin, suchen Sie bitte die Aussagen der Rudergänger in den Akten heraus. War noch jemand anwesend?«

»Nicht auf dem Oberdeck.«

»Wo sonst?«

»Im Kartenhaus.«

»Und die beiden Rudergänger hörten den Schrei zur gleichen Zeit wie Sie?«

»Nur einer.«

»Warum nur einer?«

»Der andere hatte sich zu einem Toilettengang ordnungsgemäß abgemeldet.«

»Eben sagten Sie noch, Sie wären zu dritt auf dem Oberdeck gewesen?«

»Ja, das ist korrekt, bis auf die paar Minuten.«

»Wer von den beiden hatte sich abgemeldet?«

»Bastian Wötzel.«

»Na gut. Lassen wir das. Kommen wir …«

*

Jung erhob sich, nickte dem Kommandanten kurz zu und verließ den Raum. Er wusste, wie es weitergehen und enden würde. Er wollte nicht mehr dabei sein. Ihn quälte der Gedanke, als liefe hier irgendetwas völlig schief. Er rief sich ins Gedächtnis, dass er nicht mitgekommen war, um Fragen zu stellen und schon gar nicht, um Antworten zu geben. Er war in dieser Funktion unerwünscht, das hatte man ihm deutlich zu verstehen gegeben. Dennoch ließen die Fragen ihm keine Ruhe.

Er ging den engen Gang von der Kabine bis nach vorn zum Schott, das aufs Arbeitsdeck führte. Draußen wimmelte es von Matrosen, die das Deck schrubbten oder mit Farbeimern, Pinseln und Putzlappen unterwegs waren. Er überquerte die in Seifenlauge schwimmenden Planken in Richtung Vorschiff. Die jungen Männer machten bereitwillig Platz und nickten ihm grüßend zu. Jung las in ihren Augen, dass sie zu wissen glaubten, zu wem er gehörte und was er hier zu suchen hatte. Vor dem Kombüsentrakt hockten Matrosen und schälten Kartoffeln in große Eimer. Der Niedergang zum Oberdeck war steil. Auf dem Vorschiff war er allein. Er sah sich um und versuchte sich vorzustellen, wie die Kadettin in der Nacht ihres Todes hier gestanden hatte. Jetzt war es sonnig und warm, das Schiff lag fest an der Pier vertäut, die Segel waren zu faltigen Würsten aufgerollt und die Rahen backgebrasst. Er blickte hoch in den Fockmast. Das baumdicke Stahlrohr hatte eine beängstigende Höhe.

»Ganz schön hoch, was?«

Jung wurde jäh aus seinen Betrachtungen gerissen. Die beiden Techniker aus Kiel kamen nacheinander den Niedergang hoch und gesellten sich zu ihm.

»Ja, gewaltig hoch. Moin, die Herren«, erwiderte Jung.

»45 Meter und 30 Zentimeter über der Konstruktionswasserlinie, um ganz genau zu sein. Moin, Herr Kommissar.«

»Haben Sie das persönlich nachgemessen?«, fragte Jung amüsiert.

»Als Techniker wissen wir das auch so.«

Sie legten die Hände schützend über die Augen und sahen an dem Mast hoch.

»Suchen Sie nach einem geeigneten Platz für Ihre Suchscheinwerfer?«

»Ja. Mal sehen, wo sie nicht stören. Und Sie? Inspizieren Sie den Tatort?«

»Tatort?«, fragte Jung zweifelnd.

»Naja, hier muss es doch irgendwie passiert sein.«

Sie sahen sich suchend auf der Back um.

»Vielleicht ist sie auf dem Poller herumgeturnt. Dann fiel eine Böe ein, sie verlor das Gleichgewicht und schwups ist sie ins Wasser geplumpst.«

»Warum sollte sie da herumturnen?«

»Was weiß man schon, was im Kopf einer Frau vorgeht. Vielleicht wollte sie einen besseren Ausguck, vielleicht ein bisschen Bewegung, mein Gott, es gibt viele Gründe. Nur keinen vernünftigen.« Er zuckte mit den Schultern und zog die Augenbrauen hoch.

»Vielleicht ist sie ja auf dem schrägen Deck ausgerutscht. Wie ist das hier bei Windstärke sieben und zwei Meter Seegang?«

»Wenn sie ins Rutschen kommt, dann doch nicht nach Luv, sondern runter nach Lee.«

»Und der Wind?«

»Sechs bis sieben hat schon was. Die Krängung auch. Haben Sie mal den Kopf aus dem Auto gesteckt, wenn sie um die 50 Sachen drauf haben? Da weht Ihnen das Toupet weg. Hier standen gut 2000 Quadratmeter Segeltuch im Weg. Für einen Sailor ist das purer Spaß an der Freud. Aber für ’ne Frau …«

»… kann es den Tod bedeuten«, ergänzte Jung nachdenklich.

Der Techniker nickte vielsagend.

»Sie scheinen was gegen Frauen zu haben«, bemerkte Jung leichthin.

»Im Allgemeinen nicht. Aber auf See, da gelten andere Gesetze.«

»Was meinen Sie?«

»Wird das jetzt ein Verhör, Herr Kommissar, oder was?«

»Ich mach mich bei einem Experten schlau. Weiter nichts.«

»Nicht, dass mir hinterher ein Strick draus gedreht wird.«

»Versprochen. Ehrenwort.«

»Okay. Also: Die Deern soll nicht sehr groß gewesen sein. Ein Kraftei war sie auch nicht. Und nun sehen Sie sich mal um. Da muss man doch nicht viele Worte machen, oder?«

»Es gibt genug Männer, auf die Ihre Beschreibung auch passen würde.«

»Das Schiff fährt seit 50 Jahren auf allen Weltmeeren spazieren, bei jedem Scheißwetter und die meiste Zeit ohne Frauen. Es hat bisher vier tödliche Unfälle gegeben. Das nur dazu.«

»Sie meinen also, sie hätte lieber an Land bleiben sollen.«

»Aber klar doch! Die Unfälle sind geradezu vorprogrammiert. Das hier ist eine Welt für sich, verstehen Sie?«

Jung schwieg und sah über das Schiff. Schließlich blieb sein Blick an der Mastspitze hängen.

»Ich würde gern mal da hoch.«

»Für Nichtbesatzungsmitglieder verboten. Wegen der Haftpflicht im Fall der Fälle. Fragen Sie den Kommandanten. Für Sie als Kommissar macht er vielleicht 'ne Ausnahme.«

»Noch eine letzte Frage: Glauben Sie, das Schiff hat in

der fraglichen Nacht stark geschlingert, gestampft oder gerollt? Ist das Deck nass gewesen?«

»Der Winddruck hält einen Windjammer ziemlich stabil. Bei dem Seegang steigt noch keine Welle ein. Vielleicht Spritzwasser. Aber die segelten ja mehr oder weniger vor dem Wind und nicht gegen an. Das dürfte nicht fürchterlich viel gewesen sein.«

Jung nickte gedankenverloren.

»Vielleicht hatte sie ADHS«, schaltete sich der Jüngere ein. »Die machen Sachen, da fasst sich unsereins nur an den Kopf.«

»ADHS?«, fragte Jung verständnislos.

»Aufmerksamkeitsdefizit/Hyperaktivitätssyndrom. Ich kenne einen von denen. Die ticken komplett anders. Die sehen vieles einfach nicht. Die bringen sich blind in Gefahr, einfach so.«

»Ja, vielleicht ist es das.«

Jungs Zweifel waren nicht ausgeräumt. Das Ganze verursachte ihm Unbehagen.

MITTAGESSEN

Auf dem Gang zum Logis des Kommandanten kamen ihm die Staatsanwälte entgegen.

»Wo sind Sie gewesen, Jung?«, begrüßte ihn Halsbenning.

»Ich habe die Damentoilette gesucht«, antwortete Jung scheißfreundlich.

»Und? Haben Sie sie gefunden?«

»Nein, noch nicht.«

»Dann suchen Sie mal schön weiter«, erwiderte Halsbenning humorlos. »Wir gehen jetzt Mittagessen.«

»Guten Appetit«, wünschte Jung.

Er sah ihnen hinterher. Die Laufmasche am linken Knöchel der Staatsanwältin war verschwunden. Wie hatte sie das hinbekommen? Führte sie Ersatzstrümpfe mit sich? Hatte sie das Damenklo schon allein gefunden?

Halsbenning wirkte noch müder als in der Frühe. Jung schien das völlig normal, wenn er an sein Arbeitspensum dachte. Er verspürte einen Hauch von Mitleid mit den Staatsanwälten.

*

Charlotte war mit dem Kommandanten in seiner Kajüte geblieben. Der Kapitän hieß Jung willkommen wie einen alten Bekannten.

»Warum sind Sie gegangen? Ich hätte Sie lieber dabei gehabt.«

»Ich bin nur der Berater der Staatsanwälte. Mit den Untersuchungen habe ich, streng genommen, überhaupt nichts zu tun.«

»Berater? Für was?«, fragte der Kapitän mit einer Mischung aus Ärger und Unverständnis in der Stimme.

»Für Marinefragen.«

»Das haben die beiden auch bitter nötig.«

»Fühlen Sie sich etwa missverstanden, Herr Kapitän?«, fragte Jung freundlich.

»Mein Offizier hat sich nicht gerade geschickt angestellt. Aber lassen wir das.« Er winkte verächtlich ab. »Ich habe Hunger. Sie auch? Wir nehmen vorweg einen Aperitif. Was mögen Sie? Sherry oder Port?«

Sie entschieden sich für Sherry.

»Glückwunsch. Ich kann Ihnen einen Fino von Byass anbieten.« Er griff zum Telefon.

»Wissen Sie, was Hugh Johnson von Sherry hält?«, ging Jung schmunzelnd auf die Ankündigung des Kapitäns ein.

»Wer ist das?«

»Der Weinpapst.«

»Na gut. Hoffentlich sagt er nichts, was ich nicht hören will.«

»Er meint, Sherry ist ein belebender Aperitif, von dem man erstaunlich viel trinken und sich dennoch lebendiger denn je fühlen kann.«

»Das beruhigt mich ja«, brummte der Kapitän und wählte.

»Der Sherry wird gleich da sein.« Er lud sie mit einer Geste ein, am Tisch Platz zu nehmen. »Es gibt heute Labskaus wie vor 100 Jahren. Altes Seemannsgericht. Ein Originalrezept. Mit Spiegelei, Rollmops und Rote Bete.«

»Das passt ja gut zusammen«, entgegnete Jung.

»Was passt?«

»Ein Windjammer und 100-jährige Tradition.«

»Ach so! Ja, kommt drauf an, wie man's nimmt.«

Sie setzten sich an den Tisch und machten es sich bequem.

»Als ich heute Morgen über das Schiff ging, habe ich mich gefragt, ob Windjammer überhaupt noch in unsere Zeit passen«, führte Jung das Gespräch fort.

»Die Frage wird immer öfter gestellt«, ging der Kapitän auf ihn ein, »sie wird aber deswegen nicht sinnvoller.«

»Sie sind vom Gegenteil überzeugt. Warum?«

»Weil wir die Offiziersanwärter mit Erfahrungen und Kenntnissen ausstatten, die sie als zukünftige Truppenführer dringend brauchen.«

»Brauchen? Für was?«

»Um Krieg zu führen und zu überleben.«

»Krieg führen?« Jung zog die Augenbrauen hoch. »Das sagen Sie doch nicht laut, oder?«

»Nein, natürlich nicht. Aber machen wir uns doch nichts vor: Leben heißt Krieg führen, Herr Jung. Die sogenannte Zivilisation ist ein äußerst trügerischer Geselle. Und sehr dünnhäutig. In Wahrheit tobt der Kampf wie vor 1000 Jahren: Arm gegen Reich, Hunger gegen Überfluss, Freiheit gegen Terror, Ost gegen West, Christen gegen Muslime, Dummheit gegen Geist und so weiter. Womit wir schon wieder beim Thema wären«, erwiderte der Kapitän seufzend.

»Was meinen Sie?«

»Den Tod der Kadettin.«

»Was hat der damit zu tun, Herr Kapitän?«

»Ich möchte nicht missverstanden werden. Und ich möchte nicht irgendwo, aus dem Zusammenhang gerissen, zitiert werden, Herr Jung.«

»Was Sie sagen, bleibt unter uns. Übrigens auch das, was ich oder Frau Bakkens sagen. Können wir uns darauf verständigen?«

»Also gut.« Der Kapitän richtete sich auf. »Es war ein Unfall, herbeigeführt durch das Unvermögen der Kadettin. Sie können auch Schwäche, Dummheit oder Schlafmützigkeit dazu sagen. Ungewollt, aber vorhersehbar.«

»Vorhersehbar?« Jung zog die Augenbrauen hoch.

»Ja. Sie haben richtig gehört. Vorhersehbar.«

»Das verblüfft mich. Wie darf ich das verstehen?«

»Ich sag Ihnen jetzt mal was: Der Graben zwischen der Welt, aus der die Offiziersanwärter kommen, und unserer Welt hier an Bord wird immer breiter, und die Gefahr, darin zu versinken, immer größer. Vor allem für junge Menschen, deren körperliche und geistige Ausstattung zu wünschen übrig lassen, um es mal vornehm auszudrücken. Unfälle dieser Art werden in Zukunft häufiger zu beklagen sein, glauben Sie einem alten Seemann.«

»Werden die Kadetten nicht vorher auf ihre Tauglichkeit überprüft?«

»Ja, sicher. Aber die Anforderungsprofile und unsere Sanität, na ja …« Der Kapitän winkte ab.

»Müssten die Ausbilder dafür nicht ein Auge haben? Das ist doch ihr Job?«

»Das ist leichter gesagt als getan. Wir sind keine Übermenschen …«

»Homines sumus, non dei. Das wussten schon die alten Römer«, redete Jung dazwischen. Charlotte warf ihm einen verzweifelten Blick zu.

»Kluge Leute damals«, nickte der Kapitän. »Was wollte ich sagen? Ja, richtig: Unsere Arbeit ist ein Ritt auf Messers Schneide. Sie wird immer schärfer. Ich kenne den einen oder anderen von uns, der ebenfalls untergegangen ist, nicht auf See, aber an Land. Ziemliche Scheiße, verstehen Sie?« Er streifte Charlotte mit den Augen, sagte aber nichts, um seine Wortwahl zu entschuldigen.

»Ja, das kann ich mir lebhaft vorstellen. Ist die Kadettin …«

Jung wurde vom Klopfen an der Tür unterbrochen. Ein älterer Mann betrat den Raum und servierte ihnen den Sherry. Charlotte stieß Jung unter dem Tisch an und zeigte mit den Augen auf die rechte Hand des Seemanns. Seine gekrümmten Finger gaben dem ohnehin kantigen Kerl eine unheimliche Note. Jung wandte sich Charlotte zu und lächelte unmerklich.

»Danke, Erwin«, sagte der Kapitän freundlich.

Der Mann nickte stumm und ließ sie wieder allein. Sie prosteten sich zu und tranken einen ersten Schluck. Der Kapitän drehte das Glas genießerisch zwischen den Fingern.

»Wir waren unterbrochen worden«, nahm er das Gespräch wieder auf und setzte sein Glas auf den Tisch. »Fahren Sie fort. Was wollten Sie wissen, Herr Jung?«

Jung überlegte angestrengt. »Die Kadettin. Sie war vorher schon einmal aufgefallen. Womit eigentlich?«

»Wir haben sie aus dem Mast holen müssen. Sie hat da oben Panik bekommen.«

»Da haben Ihre Ausbilder also gut funktioniert.«

»Ja. Danach auch«, nahm der Kapitän seine Leute in Schutz.

»Wieso?«

»Nach dem Zwischenfall ist sie anders eingeteilt worden und an Deck geblieben.«

»Aber das hat nicht ausgereicht, sie vor sich selbst zu schützen«, folgerte Jung.

»Richtig«, bestätigte der Kapitän.

Jung sah an seinem Gegenüber vorbei nachdenklich aus dem Bulleye. Sein Blick fiel auf eine schier endlose Palisade haushoher Silos jenseits des Hafenbeckens.

»Mich interessiert noch etwas«, hob er wieder an und lenkte den Blick zurück auf seinen Gastgeber. »Die Techniker sagten mir, sie sei über die Luvkante über Bord gegangen. Woher weiß man das so genau?«

»Wir sind darauf trainiert, Fluchen, Lärmen, Kreischen, Schreien, egal ob vor Schmerz oder Freude, an Deck zu unterlassen. Das muss so sein, weil Lärm die Arbeit an Deck empfindlich stört. Deswegen setzt ein lauter Schrei den Wachführer sofort in Alarm. Er weiß auf Anhieb, aus welcher Ecke das kommt. Auf diesem Schiff entwickeln Sie ein Ohr dafür, Herr Jung. Die Reaktion meines Offiziers war mustergültig.«

»Okay. Aber dann stellt sich doch die Frage: Warum hat sie geschrien?«, gab Jung zu bedenken.

»Das ist doch klar. Vor Schreck natürlich«, erwiderte der Kapitän verständnislos.

»Ja, schon. Aber was hat den Schrecken ausgelöst?«

»Der Sturz. Was denn sonst?«, beharrte sein Gegenüber.

»Ein Sturz kann aber auch von fremder Hand herbeigeführt worden sein. Die Luvkante wirft Fragen auf.«

Charlotte bewegte sich, als wollte sie etwas sagen. Sie besann sich aber und trank ihr Glas leer.

»Wollen Sie damit sagen, jemand hat sie absichtlich

über Bord geschubst?«, empörte sich der Kapitän. »Wer denn? Das ist doch völlig absurd.«

»Ich denke, dass …«

Es klopfte. Die Tür wurde geöffnet und der Seemann betrat, ein Tablett in der Hand balancierend, wieder das Logis.

»Komm rein, Erwin. Wir warten schon.« Der Kapitän winkte ihn unwirsch heran. »Sie machen mich unruhig, Herr Kommissar. Worauf wollen Sie hinaus?«

Jung entfaltete seine Serviette und legte sie sich auf den Schoß. »Für mich erhebt sich die Frage, ob jemand ihren Tod gewollt haben könnte.«

»Stellen sich die Staatsanwälte diese Frage auch?«

»Noch nicht.«

»Eben. Davon war bisher noch nie die Rede.«

»Das ist richtig, ja. Mir lässt das aber keine Ruhe.«

Der Seemann servierte dem Kapitän als Letztem gerade den dampfenden Labskaus, als ihm das Besteck aus der Hand fiel. Charlotte stieß Jung unter dem Tisch noch einmal an. Der Mann bückte sich, um Messer und Gabel aufzuheben.

»Ich mach das schon, Erwin«, hielt der Kapitän ihn auf. Der Mann nickte und verschwand nach draußen. Der Kapitän säuberte das Besteck und wünschte einen guten Appetit. Sie begannen zu essen. Nach einer Weile legte er Messer und Gabel beiseite.

»Das ist ja abenteuerlich, was Sie da andeuten. Haben Sie noch mehr Gründe für Ihre absurde Behauptung?«

»Ich habe nichts behauptet. Ich habe nur nachgedacht.«

»Nachgedacht? Über was? Das würde ich zu gern wissen.«

Jung antwortete nicht gleich. Er stocherte geistesabwesend im Labskaus auf seinem Teller herum. Schließlich hielt er inne und bemerkte: »Für einen Täter gäbe es keine bessere Gelegenheit als diese Nacht. Sie ist duster, laut und leer.«

»Laut und leer?«, hakte der Kapitän ein.

»Zur fraglichen Zeit stehen außer dem Opfer nur zwei Männer an Deck, in jaulendem Wind und bei grobem Seegang. Beide weit weg vom Opfer. Außer der Wache schläft das Schiff.«

»Ah ja. Verstehe. Okay. Und weiter?«

»Kurz nach ihrem Schrei ist das ganze Schiff alarmiert und auf den Beinen. Entweder ist man an der Rettung beteiligt oder man verfolgt gespannt die Manöver. Ein möglicher Täter kann gar nicht auffällig werden. An eine vorsätzliche Tat denkt keiner. Und das alles auf See, weit weg von Land, Polizei und Spurensicherung. Das ist mehr, als sich ein Täter wünschen kann.«

»Zugegeben, das klingt vorstellbar. Aber wer sollte das tun? Auf meinem Schiff? Absurd.«

»Genau darum geht es. Wer könnte ein Motiv gehabt haben? Wenn es einen Mörder gibt, war er an Bord. Das jedenfalls steht fest.«

Der Kapitän schwieg und aß seinen Teller leer. Charlotte war schon fertig. Sie sah Jung teilnahmslos zu, wie er die letzten Bissen auf die Gabel häufte und in den Mund schob. Der Kommandant beendete die lastende Stille.

»Einer von uns«, murmelte er versunken. »Das ist doch blanker Unsinn.«

Dann richtete er sich auf und sagte mit Nachdruck: »Ein möglicher Täter könnte niemals sicher sein, dass sie ertrinkt. Wenn wir sie lebend aus dem Wasser geholt hätten, wäre er dran gewesen.«

»Dazu musste das Opfer seinen Widersacher oder seine Widersacherin aber erkannt haben.«

»Schon klar. Aber den oder die hätten wir gefunden, darauf können sie sich verlassen. Auf See gibt es Mittel. Das müsste auch der Täter wissen.«

»Vielleicht war er erfahren genug und wusste genau, dass sie unter den herrschenden Bedingungen keine Chance hatte. Die Staatsanwaltschaft Hannover hat das jedenfalls so gesehen.«

»Meinetwegen. Aber das Motiv. Wo ist es?«, fragte der Kapitän aufgebracht.

»Das kennen wir nicht. Aber Sie kennen die Gerüchte um die Tote, Herr Kapitän, und was man ihr so alles nachsagt, nicht wahr? Sie scheint nicht beliebt gewesen zu sein.«

»Beliebt oder unbeliebt, was heißt das schon? Das sind doch keine Kriterien. Mein Gott, ich bin auch nicht bei allen beliebt.«

»Aber über Sie sind keine Gerüchte im Umlauf«, lachte Jung verhalten. »Über die Kadettin schon«, fügte er ernst hinzu.

»Gerüchte! Das fehlt mir gerade noch! Gerüchte sind mir scheißegal. Hirnloses Gequatsche, an den Haaren herbeigezogen. Manche haben das offensichtlich nötig.«

»Beliebt oder unbeliebt ist man nicht grundlos. Das scheint mir unstrittig.«

»Gut, zugegeben. Aber je länger sie bei uns gewesen wäre, desto irrelevanter würde dies. Das ist ja gerade der Sinn der ganzen Veranstaltung hier. Und selbst wenn sie entgegen aller Regel eine unausstehliche Ziege geblieben wäre, als Motiv für einen Mord ist das in meinen Augen völlig hirnrissig. Auf diesem Schiff? Nein, nein …«

»Sie soll schwanger gewesen sein.«

»Das ist doch absoluter Quatsch«, erregte sich der Kapitän. »Die Obduktion hat nichts dergleichen erbracht. Auch Gewalt war nicht im Spiel. Eine einzige Idiotie, das Ganze.«

Es entstand eine Pause, in der jeder seinen Gedanken nachzuhängen schien. Charlotte bewegte sich als Erste. Sie stapelte behutsam die Teller aufeinander und sammelte die Bestecke ein.

»Was werden Sie tun?«, beendete der Kapitän das Schweigen.

»Nichts«, erwiderte Jung. »Ich habe ja nur eine Hypothese aufgestellt. Weiter nichts.«

»Sind Sie heute Nachmittag mit dabei?«

»Nein. Ich habe offiziell mit der Untersuchung nichts zu tun. Ich erwähnte das bereits.«

»Schöner Marineexperte«, bemerkte der Kapitän vergrätzt. »Nehmen Sie einen Kaffee?«

Sie stimmten zu und er gab die Bestellung auf.

»Sie würden lieber freihaben als die Staatsanwälte an Bord, nicht wahr?«, sagte Jung versöhnlich.

»Ja, natürlich. Aber …« Er brach ab und lehnte sich zurück. »Das ganze Trallala an Land ist nicht so toll, wie Sie sich das vielleicht vorstellen. Nach jedem ›Besanschot an‹ muss ich mich auf strapaziöse Tage einstellen. Ich bin heilfroh, wenn ich endlich wieder abgelegt habe und auf See bin.«

»Zählt ein Empfang im Royal Jachtklub auch zum Trallala? Hummer, Lachs, Champagner …« Jung ließ den Rest offen.

»Was wollen Sie jetzt von mir hören?« Die Frage des Kapitäns war so gestellt, als erwarte er gar keine Antwort. Nach einem Moment des Schweigens fuhr er fort: »Ich will Ihnen mal was dazu sagen. Unter uns.« Sein Blick streifte Charlotte und heftete sich dann wieder auf Jung. »Die unchristlichen Attacken auf mich als Kommandant eines Windjammers gehen mir tierisch auf den Keks. Ich bin ein Mensch mit endlicher Geduld und normaler Leber. Unbeschadet kann ich meine Verpflichtungen nur bei eiserner Disziplin durchstehen.«

»Und wie geht das?«

»Ich faste regelmäßig und ich jogge, wann immer ich Gelegenheit habe.«

»Sogar unter der erbarmungslosen Sonne Afrikas. Ich weiß«, lachte Jung verhalten.

»Ja, wir trafen dort das erste Mal zusammen.«

»Übrigens haben Sie in Frau Bakkens eine überzeugte Mitstreiterin. Sie ist heute schon kurz nach Sonnenaufgang durch Québec gejoggt.«

Der Kapitän fixierte Charlotte anerkennend. »Ich habe Ihnen gleich angesehen, dass Sie Sport treiben. Sie wären die Richtige für dieses Schiff, Frau Bakkens. Wir sollten mal zusammen laufen. Was meinen Sie?«

»Gern, Herr Kapitän. Morgen?«

»Aber bitte nicht schon bei Sonnenaufgang. Später wäre mir lieber.« Er lächelte sie an und wandte sich dann Jung zu. »Und Sie? Was tun Sie für Ihre Gesundheit?«

Jung antwortete nicht sofort, weil der Kaffee kam. Der Seemann trat zu ihnen und stellte Tassen, Kanne, Milch und Zucker auf den Tisch.

»Ich werde nachher einen Spaziergang machen«, sagte Jung und gab einen Zuckerwürfel in die Tasse. »Zur Escalier du Cap-Blanc. Charlotte hat sie mir empfohlen. Ich soll sie hochlaufen. Das sei gut für mich. Sie ist Expertin.«

Sie lachten.

»Danke, Erwin. Wir sind fertig«, entließ der Kapitän den Seemann. Der nickte und zog sich zurück.

»Sie haben sich nicht am Gespräch beteiligt, Frau Bakkens«, wandte sich der Kapitän an Charlotte.

»Ich höre zu. Deswegen bin ich hier«, erwiderte sie sachlich.

»Haben Sie aus Ihrer Sicht überhaupt nichts zum Tod der Kadettin zu sagen?«

»Ich habe eine Frage. Ihr Butler, ist der taubstumm? Er hat noch kein einziges Wort gesagt.«

»Mein Butler?«, lachte der Kapitän. »Er ist unser Messesteward. Er ist nicht taubstumm, nein.«

»Was hat er denn?«

»Er trauert um seinen Sohn. Er ist ins Hafenbecken gefallen. In Flensburg, da, wo Sie herkommen, Herr Jung. Konnte nur noch tot geborgen werden. Er war Offiziersanwärter und sollte zu uns an Bord kommen. Er gehörte übrigens der gleichen Crew an wie die verunglückte Kadettin. Schrecklich, das Ganze.«

»Das verstehe ich nicht«, sagte Charlotte und schüttelte den Kopf.

»Sein Sohn war alles, was er an Familie noch hatte«, ergänzte der Kapitän. »Seitdem redet er nur, wenn es unbedingt sein muss.«

»Das meine ich nicht. Ich frage mich, wie man ins Wasser fällt und gleich tot ist. Das Ufer ist nahe. Er war bei der Marine.«

»Das weiß ich nicht. Vielleicht war's der Alkohol.«

»War er betrunken? Wie viel Promille hatte er denn?«

»Das weiß ich auch nicht.«

»Und der Vater weiß das?«

»Wie gesagt, er spricht nicht darüber. Er ist ein erfahrener Seemann. Ich schätze ihn.«

»Apropos erfahren und Seemann«, schaltete sich Jung ein. »Ich würde gern mal in einen Mast klettern. Mir wurde gesagt, Sie müssten dafür Ihre Erlaubnis erteilen.«

»Normalerweise habe ich kein Problem damit. Aber zurzeit will ich nichts davon wissen. Ich habe genug Scherereien am Hals. Sie verstehen?«

»Ja. War nur eine Frage.«

Der Kapitän machte Anstalten, sich zu erheben. Charlotte und Jung tranken ihre Tasse leer und standen auf.

»Vielen Dank für die Einladung. Es hat sehr gut geschmeckt. Mein Kompliment an den Koch«, leitete Jung die Verabschiedung ein.

»Danke. Ich werde das an den Smut weitergeben. Hat mich gefreut. Kann ich noch etwas für Sie tun?«

»Gibt es für Charlotte und mich ein Plätzchen, wo wir ungestört reden können?«

»Ich würde Ihnen meine Kajüte anbieten, wenn die Staatsanwälte nicht wären. Die Messe ist auch besetzt.«

Der Kapitän sah auf die Uhr. »Dienstausscheiden ist schon gewesen. Die meisten sind bereits an Land. Vielleicht gehen Sie aufs Achterdeck. Auf der Bank am Maschinenruderhaus sind Sie jetzt allein.«

»Danke. Wie kommen wir dahin?«

»Ich zeig's Ihnen. Folgen Sie mir.«

AM KLAVIER

Über der Unterstadt, die sich auf dem Ufer zwischen Steilhang und Strom drängelte, ragten die gewaltigen, grün bedachten Bauten des Chateau Frontenac und des Edifice Price in den blauen Himmel. Jung stand an der Reling und schaute fasziniert auf das majestätische Panorama.

»Von hier aus gesehen denkt man tatsächlich an Frankreich. Was meinen Sie, Charlotte?«

»Wir sind doch nicht hier, um Sehenswürdigkeiten zu diskutieren. Hab ich recht, Chef?«

»Natürlich. Setzen wir uns«, seufzte er und wandte sich ab. Sie nahmen auf der kunstvoll gearbeiteten Holzbank längsseits des Maschinenhauses Platz. Die Sonne schien ihnen ins Gesicht. Jung kniff die Augen zusammen.

»Wann fliegen wir zurück? Haben Sie heute Morgen etwas gehört, Charlotte?«

»Ja. Der Kapitän gab bekannt, dass der wöchentliche Regierungsshuttle von Washington nach Köln hier zwischenlanden und uns mitnehmen wird. Der nächste geht in ein paar Tagen. Falls die Staatsanwälte länger brauchen, eine Woche später.«

»Es wird also nichts mit einer schnellen Rückreise.«

»So sieht es aus, Chef.«

Jung schloss die Augen und drehte das Gesicht in die Sonne. »Was machen wir mit der verbleibenden Zeit?«, murmelte er.

»Arbeiten. Ich wüsste auch schon, an was«, stellte Charlotte fest.

»Dann wissen Sie mehr als ich. Also, schießen Sie los.«

»Ich komme mir ziemlich blöd vor.« Sie schwieg und wartete auf eine Reaktion.

»Das hätte ich nicht unbedingt von Ihnen erwartet, Charlotte«, lachte Jung. »Warum?«

»Ihre Tatversion finde ich irgendwie interessant. Wir sollten ihr nachgehen.«

»Ach so!« Er lächelte. »Und wie machen wir das, Frau Kriminalkommissarin?«

»Wir müssten mehr über die Tote herausfinden.«

»Sehr gut. Ihr Vorschlag?«

»Was gibt es an persönlichen Dokumenten, frage ich mich.«

»Das habe ich Sie auch schon einmal gefragt. Sie erinnern sich?«

»Ja.«

»Dann fangen wir damit an.«

»Das Obduktionsprotokoll.«

»Näher kann man ihr nicht kommen.«

»Die Auflistung ihrer Habseligkeiten.«

»Genau. Da erfahren wir mehr über sie.«

»Wir sollten die Liste mit ihren Eltern abgleichen und sie dazu befragen.«

»Hat sie Eltern?«

»Natürlich.«

»Ich meinte, hat sie Eltern, die wir befragen können.«

»Das müsste sich herausfinden lassen.«

»Ich könnte einen Kollegen von mir aus der Inspektion bitten.«

»Wenn sich etwas findet, das Ihre Version stützt, können wir gezielt weitermachen.«

»Einverstanden.« Er rieb sich die Nasenwurzel. »Wie kommen wir an die Dokumente? Ich will die Staatsanwälte nicht damit behelligen. Wenn nichts dabei herauskommt, ist es besser so. Also, haben Sie eine Idee?«

»Ich kann übers Internet mit Deutschland in Kontakt treten. Wer kann uns die Dokumente zumailen?«

»Mein Vertrauensmann in der Inspektion.«

»Vielleicht hatte sie auch eine Seite bei Facebook, Twitter oder war in irgendeinem anderen Network aktiv.«

»Gut. Kümmern Sie sich darum. Ich werde mit meinem Freund in Flensburg telefonieren. Er kann an die Dokumente kommen und uns Kopien schicken. Bleibt die Frage nach dem Täterkreis. Charlotte, sagen Sie etwas dazu.«

»Der Täterkreis steht fest. Der Wachoffizier und der eine Rudergänger sind aus dem Schneider, meiner Meinung nach. Jeder andere kommt theoretisch infrage. Wer von ihnen hat mit der Toten näheren Kontakt, wer eine Freundschaft, wer eine Feindschaft, wer ein Verhältnis.«

»Das wird schwierig. Die Kadetten sind lange von Bord. Aber wir haben ihre Aussagen in der Akte. Unter der Stammbesatzung würde ich auch suchen.«

»Ja. Wo fangen wir an, Chef?«

»Das ist die entscheidende Frage. Was sagt Ihnen Ihre Intuition, Charlotte?«

»Der Täter muss sie abgrundtief gehasst haben.«

»Ja, etwas in der Richtung. Anders ausgedrückt: Sie muss einen vermeintlichen Täter derart schmerzlich berührt haben, dass er es nicht ausgehalten und die Kontrolle verloren hat.«

Jung lehnte sich zurück und schloss die Augen. »Wo könnten wir ihn finden? Wo müssten wir zuerst suchen?«, murmelte er.

»Wir sollten loslegen und abwarten, was kommt«, sagte Charlotte bestimmt.

»Ein bisschen genauer, Bakkens.« Jung beugte sich wieder nach vorn. »Was tue *ich*, und was tun *Sie*?« Er sah Charlotte in die Augen.

»Ich weiß es und Sie auch«, erwiderte sie.

»Sie gehen jetzt zu den Staatsanwälten.«

»Genau, Chef. Wann sehe ich Sie wieder?«

»Morgen zum Frühstück. Dann weiß ich mehr.«

»Ich auch. Versprochen.«

»Bis dann, Charlotte.«

»Bis dann, Chef.«

NACHTSPAZIERGANG

Es war spät geworden. Die Telefonate hatten sich in die Länge gezogen. Den Gedanken an die nächste Handyrechnung verdrängte er. Am späten Nachmittag hatte er noch einmal bei den Staatsanwälten vorbeigeschaut. Sie machten unverdrossen weiter, wie sie am Vormittag begonnen hatten. Er war nicht überrascht. Eigentlich wollte er den Kapitän auch nur um einen Flyer von Québec bitten.

Eine unterschwellige Unruhe hatte ihn erfasst. Der Grund dafür waren nicht die aufgeworfenen Fragen, das spürte er deutlich. So sehr er sich auch bemühte, er konnte keine Ordnung in seine Gedanken und Gefühle bringen.

Er fluchte leise vor sich hin und überflog, an die Reling gelehnt, den Stadtplan von Québec. Die Escalier du Cap-Blanc war nicht schwer zu finden. Der Weg über die Treppe ins Hotel schien ihm lang. Aber ein ausgedehnter Spaziergang würde ihm gerade jetzt guttun, sagte er sich und dachte beschämt an Charlotte und ihr ehrgeiziges Fitnessprogramm.

Als er das Schiff verließ und dem Hafenausgang zustrebte, begann es bereits zu dämmern. Am Ende der Pier kam er an einen kleinen Platz, auf dem Kinder spielten und deren weibliche Aufsicht es sich auf den Bänken unter gestutzten Platanen bequem gemacht hatte. Er blieb stehen und sah sich noch einmal um. Neben den beiden Kreuzfahrtschiffen und vor den gigantischen Getreidesilos nahm sich das Segelschiff filigran und zerbrechlich aus. Eine Gruppe Kadetten kam das Fallreep hinunter wie eine Horde Schüler auf Klassenfahrt. Hinter ihnen verließ auch der Steward das Schiff. Neben den Jünglingen wirkte seine hoch aufgeschossene, kantige Gestalt wie ein Fossil aus einer exotischen Welt. Jung wandte sich ab und schritt rasch die Straße hinunter in Richtung Vieux-Québec.

Sein Weg führte ihn durch das Quartier Petit Champlain. Der Flyer hatte ihm verraten, dass ihn hier ein touristisches Highlight von Québec erwartete: ›Prenez part à la fête!‹, ›Trouvailles irrésistibles‹, ›Créations signées‹, ›Mode exklusive‹, ›Restez à manger‹! Das Gewühl auf den Straßen und Gassen war groß, aber nicht anregend genug, ihn aus seiner dumpfen Beklommenheit zu befreien. Er hielt nach einem einladenden Restaurant Ausschau. Der Anblick der überfüllten, auf folkloristische Historie getrimmten Etablissements ließ ihn immer tiefer in seine düstere Stimmung versinken.

Schließlich hatte er einen Aufzug erspäht, der ihn hinauf in die Oberstadt zur Terrasse Dufferin führte. In Sichtweite des Chateau Frontenac fand er, was er suchte. Er setzte sich vor einer Auberge an einen freien Tisch und bestellte ein Glas Riesling. Er hoffte, der Wein aus der Provinz Ontario würde ihm helfen, sich besser zu fühlen. Er schmeckte ihm. Aber auch ein zweites Glas heiterte ihn nicht auf. Sogar die witzigen Schauspieler, die gegenüber auf der Place d'Armes ihre zahlreiche Zuhörerschaft mit Späßen und Clownerien unterhielten, ließen ihn unberührt. In der begeisterten Menge erkannte er einige Gesichter vom Schiff, darunter auch den Steward. Er lachte nicht. Es schien Jung, als weinte er.

*

Er hatte genug. Um sein Unwohlsein abzuschütteln, blieb tatsächlich nur Bewegung übrig, gestand er sich ein. Es war inzwischen dunkel geworden. Jung ließ sich davon nicht abhalten und setzte sich entschlossen in Marsch. Zurück in der Unterstadt, lenkte er seine Schritte entlang des Stroms in Richtung Cap Blanc. Bald verschwanden die grellen Lichter der Geschäfte, Restaurants und Reklamen hinter ihm. Je weiter er kam, desto ruhiger wurde es. Die Straße wurde lebloser, die Bebauung spärlicher. Einige Häuser waren unbeleuchtet und schienen verlassen. Wenige Straßenlaternen verbreiteten ein spärliches Licht. Nur die Verkehrsgeräusche von der Uferstraße erinnerten ihn noch an die Welt, die er gerade verlassen hatte. Er beschleunigte seine Schritte. Am Fuß der Escalier du Cap-Blanc angekommen, atmete er schwer. Unter der Laterne zum Aufgang hielt er an und horchte in sich hinein. Irgendwo hinter sich in der

Dunkelheit hörte er Schritte. Ihm war nicht wohl. Das gefiel ihm nicht. Hastig nahm er den Aufstieg in Angriff. Auf der ersten Plattform pausierte er und rang nach Luft. Das Licht der Laterne hatte er längst hinter sich gelassen. Weiter oben sah er auf der Hälfte des Anstiegs eine zweite Laterne, ganz oben eine dritte. Die Entfernungen machten ihn mutlos. Hatte er sich zu viel vorgenommen? Sei ehrlich zu dir selbst, ermahnte er sich. Was machst du hier eigentlich? Was denkst du? Was willst du?

*

Er hatte Angst. Sie hatte von ihm Besitz ergriffen wie eine fiebrige Krankheit, gegen die er keine Medizin hatte und der er sich hilflos ausgeliefert sah. Sie hatte seine Füße schneller gemacht, seine Muskeln angespannt, seinen Puls erhöht und in seinem Kopf ein wildes Chaos ausgelöst. War er nicht schon immer ein Hasenfuß und Feigling gewesen? Waren das nicht überhaupt die Gründe, die ihn in die starken Arme der Polizei getrieben hatten? War sein Eintreten für Recht und Gerechtigkeit, für Ordnung und Rechtsstaat nicht nur Ablenkung von Trieben, die er verachtete und einfach nicht wahrhaben wollte? Woher kam diese fiebrige Panik? War die Quelle eine traumatische Kindheit oder etwa die abgesunkenen Überbleibsel archaischer Leben davor? Drehte er hier grundlos durch oder hatte sein Zustand tatsächlich einen Bezug zur Gegenwart? War sein Leben hier und jetzt bedroht oder war er nur der Hampelmann seiner unglücklichen Natur?

Tomi!, ermahnte er sich, hör auf, mach Schluss mit dem Wahnsinn. Konzentriere dich. Gebrauche deine Sinne. Was wollen sie dir sagen?

Er blieb stehen und stützte sich auf das Geländer. Was sah er? Gerade mal seine Füße und die nächsten Stufen, ansonsten so gut wie nichts. Die paar Laternen warfen nur ein spärliches, fahles Licht auf die Bohlen. Rechts und links verschwammen die Schatten der Bäume an den Hängen mit dem dunklen Hintergrund. Am Himmel funkelten Sterne. Ihr Licht war zu schwach, um ihm wirklich zu helfen. Er roch Laub und Baumharz. Er hörte sein Herz pochen und seinen keuchenden Atem. Hör genauer hin, befahl er sich. War da noch mehr? Er hielt den Atem an und lauschte in die Nacht. Ja, hinter ihm, weiter unten, hörte er ein fremdes Geräusch. Es war schwach, eine Art Schlurfen wie von schleppenden Tritten. Er versuchte, seinen Herzschlag und seinen Atem zu kontrollieren. Ja, da war es wieder, entfernt, aber doch deutlich. Jetzt brach es ab. Er wartete und lauschte angestrengt. Nichts. Er befahl sich, so schnell wie möglich die Laterne am Ende der Treppe zu erreichen. Wie viel Stufen waren es bis dahin? 150, 100? Hatte er ausreichend Kräfte?

Hör auf zu denken, ermahnte er sich noch einmal, gehorche deinen Sinnen. Er zwang sich zu bleiben, wo er war. Er lauschte angespannt in die Dunkelheit. Vom Strom her schwebten gedämpfte Verkehrsgeräusche herüber. Kein verräterischer Laut drang an sein Ohr. Sein Herz schlug jetzt ruhiger und sein Atem ging regelmäßiger. Ein neues, befremdliches Gefühl erfasste ihn. Ihm war, als sei er auf dem Kriegspfad. Er vermisste seine Waffe. Er würde von ihr Gebrauch machen, ohne zu zögern, ohne Skrupel, jetzt, hier, sofort und bedenkenlos. Seine Entschlossenheit war ihm fremd, aber er begrüßte sie wie einen lang vermissten Freund. Er verfluchte die Tatsache, dass seine Dienstwaffe unerreichbar in Deutschland lag. Gab es eine Alternative? In der herrschenden Dunkelheit konnte er in seiner Umgebung nichts ausmachen, was ihm seinem Wunsch nähergebracht hätte. Oben, unter dem Licht der Lampe, wartete vielleicht eine Chance. Behutsam setzte er sich in Bewegung, Schritt für Schritt, Stufe für Stufe. Zwischendurch hielt er an und lauschte angespannt. Da waren sie wieder, die schleppenden Laute unter ihm. Er atmete verhalten. Sein Herz klopfte leise. Plötzlich drang ein rhythmisches Tapsen an sein Ohr. Er spannte seine Sinne bis aufs Äußerste an. Jetzt setzte das Geräusch aus, und er vernahm das ferne Wispern menschlicher Stimmen. Dann nahm das Tapsen seinen Rhythmus wieder auf. Ihm war, als lauere da unten eine Gefahr, die immer größer wurde. Er wurde wieder schneller. Nach kurzer Zeit fing sein Herz an zu hämmern. Er keuchte. Er verspürte stechende Schmerzen in der Lunge. Hinter ihm kam das Getrappel langsam näher. Wie weit war es noch entfernt? Die Luft wurde knapp. Seine Muskeln verkrampften. Die

Schmerzen wurden schlimmer, sein Tempo immer langsamer. Scheißdunkelheit. Warum schien heute nicht ein heller Mond? Wie viel Stufen noch? 30, vielleicht 20? Er wendete den Kopf. Auf den Treppen unter ihm irrlichterte der Strahl einer Taschenlampe. Voraus konnte er im Licht der Laterne dichtes Gebüsch erkennen. Dahinter erhoben sich Bäume in den Nachthimmel. Da mussten Steine, Äste, vielleicht ein Knüppel zu finden sein. Der Gedanke beflügelte ihn. Hinter ihm kam das Tapsen immer näher: gleichmäßig, ausdauernd, rhythmisch. Nur noch ein paar Stufen. Er stolperte hechelnd auf die in fahles Licht getauchte Plattform und taumelte seitwärts in die Büsche. Er tastete schwer atmend blindlings im Unterholz umher und bekam einen armdicken Ast zu fassen. Erleichtert richtete er sich auf. Im Schutz der Dunkelheit atmete er tief durch und rang um Fassung. Er heftete seine Augen auf die im Licht der Laterne liegende Plattform. Jetzt hörte er jemanden laut atmen. Er hob den Ast über die Schulter, bereit zuzuschlagen. Ein Schuh schob sich in den Lichtkegel. Er drängte aus seinem Versteck und …

»He, he, was soll das denn?«

»Charlotte!«, rief er überrascht.

Sie sprang beiseite und kam jenseits des Pfades ins Straucheln.

»Chef! Was machen Sie da?«

Er ließ den Arm sinken und atmete laut aus. Sie trat zurück ins Licht und sah ihn entrüstet an.

»Was haben Sie vor? Wollen Sie mich totschlagen?«

»Mein Gott, haben Sie mir eine Angst eingejagt«, stöhnte er erleichtert. »Hätte nicht viel gefehlt und ich hätte Sie erwischt. Entschuldigung!«, japste er. »Was machen Sie hier?«

»Ich drehe meine Abendrunde. Was ist denn? Sie schnaufen ja wie ein Walross.«

»Ich fühlte mich verfolgt und wollte mich wehren«, erwiderte er aufgebracht.

Sie sah ihn zweifelnd an und schwieg.

Es vergingen gefühlte Minuten, in denen sie ihren Atem unter Kontrolle brachten und Jung sich zu beruhigen versuchte.

»Fürchten Sie sich nicht in der Dunkelheit, so mutterseelenallein?«, keuchte er.

»Nein. Wieso? Außerdem bin ich nicht allein. Ich traf das Faktotum vom Schiff. Nur mal so, zu Ihrer Beruhigung. Er … «

»Den Steward?«, fragte Jung, noch immer um Atem ringend.

»Ja, genau den. Er hat sogar ein paar Worte mit mir gewechselt. Vielleicht lag's am Alkohol. Er hatte getrunken.«

»Er war besoffen?«

»Nein. Aber er hatte eine Fahne.«

»Was hat er denn da unten mit Ihnen geredet?«

»Warum regen Sie sich so auf, Chef? Er …«

»Wo ist er?«

»Er kehrte um. Die Treppe war ihm zu beschwerlich.«

»Ich habe es gewusst!«, platzte Jung heraus. »Ich bin mir absolut sicher, dass …«

»Was haben Sie gewusst?«

»Dass er mich verfolgt.«

»Warum sollte er Sie verfolgen, Chef? Er ist alt. Sie …«

»Das weiß ich nicht!«, schrie er erregt. »Aber ich …«

»Chef, so beruhigen Sie sich doch. Sie sollten lieber joggen. Dann geht das vorbei. Laufen ist gut für alles. Ich könnte Ihnen …«

»Danke, danke, bitte nicht schon wieder«, wehrte er ab. »Ich will …«

»Okay. Schon gut. Es ist ja nichts passiert.«

»Nichts passiert?«, schnaubte er erneut. »Was …«

»Nun lassen Sie doch mal Dampf ab, Chef. Bitte! Das führt doch zu nichts.«

»Okay, okay. Lassen wir Dampf ab«, stöhnte er entkräftet. »Was schlagen Sie vor?«

»Wir gehen jetzt gemütlich nach Hause. Zusammen. Es ist nicht mehr weit. Morgen ist auch noch ein Tag.«

»Nach Hause?«, höhnte er. »Na, dann viel Spaß beim Schwimmen.«

»Nun werden Sie nicht auch noch witzig, Chef. Das passt nicht zu Ihnen.«

»Wenn Sie glauben, ich sei ein bisschen plemplem, dann …«

»Niemand sagt, dass Sie plemplem sind. Aber es ist dunkel und sehr spät. Lassen Sie uns gehen.«

»Ja, schon gut. Sie haben sicher recht«, lenkte er erschöpft ein. »Gehen wir.«

Sie setzten sich in Bewegung. Sein Herzschlag beruhigte sich. Bald nahm er ihn nicht mehr wahr. Ab und zu sah Charlotte ihn aus den Augenwinkeln an. Er hatte den Kopf gesenkt und folgte dem Lichtstrahl ihrer Taschenlampe. Sie hakte sich bei ihm ein. Das Gefühl, das ihn erfasste, war ihm angenehm.

ERSTER TAG

Jung hatte unruhig geschlafen. Vor dem Aufwachen träumte er, zu einem Seminar nach Oberbayern eingeladen worden zu sein. Das Tagungshotel im Stil eines reichen Alpenhofes lag an einem idyllischen Bergsee. Vor den Fenstern hingen Blumenkästen voll üppig blühender rot-weißer Geranien. Seine Schüler waren wach und aufmerksam. Sie hingen an seinen Lippen. Nach der Mittagspause hatten sie sich pünktlich und ausnahmslos wieder eingefunden. Ihr auffälliges Interesse stachelte ihn an und machte ihn gleichzeitig verlegen.

Abends ging er runter zum Essen in die große Gaststube. Die mit rot-weiß karierten Tüchern eingedeckten Tische waren verwaist. Das Personal schien gestorben. Die gespenstische Stille versetzte ihn in Angst und Schrecken. Er eilte nach draußen in den kleinen Kurort. In den Gassen tummelten sich Menschen, die alle unter Drogen zu stehen schienen. Hier und dort erblickte er in der Menge ein bekanntes Gesicht. Sie lachten ausschweifend und warfen ihm anzügliche Blicke zu. Er versuchte umzukehren und fand sich wieder unter ekstatisch aufgeladenen, halb entblößten Weibern und geilen Kerlen. Er kam sich vor wie in einem Freiluftbordell. Der wilde Strom packte ihn, und er drohte in den reißenden Strudeln unterzugehen. Kurz bevor es ernst wurde, wachte er schweißgebadet auf. Erst unter der Dusche wurde er wirklich wach und schüttelte die Reste seines Traumes ab wie ein Hund das Wasser aus dem Fell. Übellaunig kleidete er sich an.

*

Beim Frühstück sah er Charlotte schon von Weitem an ihrem Tisch sitzen. Er häufte sich Obst auf den Teller und griff sich eine Kanne Kaffee.

»Wenn ich die fettigen Würstchen sehe, wird mir schlecht. Guten Morgen, Bakkens.«

»Guten Morgen, Chef. Schlecht geschlafen?«

»Schlecht geträumt.«

»Wegen gestern Nacht?«

»Nee, nee«, winkte Jung fahrig ab. »Was ist mit Ihnen? Haben *Sie* gut geschlafen?«

»Ja«, entgegnete sie einsilbig.

»Was haben Sie gestern herausgefunden?«, kam Jung übergangslos zur Sache.

»Nicht viel, das uns weiterbringt. Leider.«

»Haben Sie den ganzen Nachmittag bei den Vernehmungen verbracht?«

»Ja. Ich habe aber nicht zugehört.«

»Warum?«

»Weil ich die Akte noch einmal intensiv durchgegangen bin. In Hinblick auf ein mögliches Verbrechen. Das schien mir sinnvoller.«

Charlotte hatte, während sie erzählte, eine Apfelsine gepellt. Jung sah ihr aufmerksam zu, wie sie die Frucht sauber in einzelne Schnitze zerlegte und in den Mund schob.

»Schade, dass Sie nichts gefunden haben«, bemerkte Jung resigniert.

»Habe ich doch. Nur nicht das, wonach ich gesucht habe.«

»Inwiefern?«

»Ich habe gelernt, dass die Art zu fragen die Antworten bestimmt. Meine erste Einschätzung wundert mich nicht.«

»Ja, richtig. Wenn man gezielt fragt, verpasst man das Abseitige.«

»Genau. Die meisten Aussagen sind für Ihre Hypothese wertlos. Außerdem sind die Befragungen kurz gewesen. Viel ist da nicht rauszuholen. Nur bei zweien habe ich den Eindruck, als schwinge etwas von Nähe zu der Toten mit. Nicht gerade positiv.«

»Nicht positiv? Wie meinen Sie das?«

»Eine Ina hat anklingen lassen, dass die Tote persönlichen Belastungen ausgesetzt war. Ihre Aussage klang nicht sehr einfühlsam, mehr so, als müsse man sich nicht wundern, dass ihr was passiert ist.«

»Zu diesem Schluss sind die Staatsanwälte ja auch gekommen.«

»Ja, aber die Sprache fällt auf. Mir scheint, als wäre da ein Hauch von Häme oder Schadenfreude im Spiel. Das deutet auf was Privates. Könnte sein, dass sie nicht gut auf die Tote zu sprechen war.«

»Und die andere?«

»War ein Er. Ein Matrose namens Bastian.«

»Der Rudergänger auf Toilettengang?«

»Genau der. Er hat sich über die Tote und deren Fähigkeiten, ich will nicht sagen abfällig, aber doch auffällig distanziert geäußert. Mein Eindruck ist, dass da Gefühle im Spiel sind.«

»Negative«, warf Jung leise ein und steckte sich ein Stück geschälten Apfel in den Mund.

»Ich würde sagen, Gefühle, an die er nicht gern erinnert werden will.«

Jung schwieg und sortierte lustlos ein paar angefaulte Beeren aus.

»Vielleicht war er einer ihrer abgelegten Liebhaber. Kein Mann mag das.« Jung legte eine Pause ein und rieb sich die Augen. »Aber das ist alles Spekulation«, fuhr er leise fort. »Konkret gibt es Folgendes: Mein Gewährsmann kann den Obduktionsbericht und die Liste der Hinterlassenschaften beschaffen. Er hofft, noch heute. Ich gebe Ihnen seine E-Mail-Adresse.« Jung zog einen Zettel aus der Brusttasche und schob ihn Charlotte zu. »Mailen Sie ihn an. Er schickt uns dann, sobald er kann, Fotokopien. Er hat auch die Eltern ausfindig gemacht. Sie leben in Flensburg. Er sieht die Dokumente durch und befragt die Eltern. Wir telefonieren, wenn er etwas weiß. Er ist gut. Sehr diskret. Ich kann mich auf ihn verlassen. Danach setzen wir uns zusammen.« Jung trank seine Tasse leer und stellte sie mit einer müden Geste zurück auf den Tisch. Der Kaffee war dünn.

»Was ist mit Facebook und Co?«, fragte er abgelenkt.

»Ich habe etwas über sie auf der Gorch-Fock-Seite gefunden. Für sie ist so eine Art Erinnerungs- und Kondolenzbuch eingerichtet worden. Wer will, kann da seinen Kommentar posten.«

»Und?«

»Neben den Klugscheißern, die zu allem und jedem ihren Senf beisteuern, sind die Beiträge im Großen und Ganzen ähnlich wie die Erzählungen der Kadettin im Flugzeug. Mit einer Ausnahme. Eine Suzi glaubt, dass ein Mann nachgeholfen haben könnte. Sie kann aber keinen Beweis für ihren Verdacht anführen.«

»Also nichts wirklich Neues!«

»Sehe ich so. Ja.«

»Okay. Dann warten wir auf meinen Mann aus Flensburg.«

»Ich schicke ihm eine Mail mit der Adresse. Bin gespannt, was daraus wird.« Charlotte nahm den Zettel an sich und lehnte sich zurück.

*

»Beim Aufwachen fiel mir übrigens der Name der Krankheit wieder ein«, wechselte sie das Thema. »Die verkrümmten Finger des Stewards. Sie erinnern sich? Ich machte Sie darauf aufmerksam.«

»Ja, richtig. Die einzige Abnormität in dem Fall. Und? Wie heißt sie?«

»Dupuytren'sche Kontraktur. Sie führt zu einer fortschreitenden Einschränkung der Fingerbeweglichkeit.«

»Okay. Sie wissen ja mächtig Bescheid. Haben Sie noch mehr auf Lager?«, kommentierte er ihr Wissen mit freundlicher Ironie.

»Das ist wirklich interessant, Chef. Ich kann …«

»… einen Vortrag halten?«, unterbrach sie Jung, nachsichtig lächelnd.

»Krankheiten sagen eine Menge über die Menschen aus, Chef«, zeigte sich Charlotte unbeeindruckt. »Es würde mich zum Beispiel nicht wundern, wenn Sie öfter Kopfschmerzen haben. Haben Sie?«

»Wie kommen Sie darauf?« Jung zog die Augenbrauen zusammen und sah sie interessiert hat. »Kommt schon vor. Wieso?«

»Wer unter Kopfschmerzen leidet, zerbricht sich den Kopf. Er hat zu viel Ehrgeiz und will unbedingt perfekt sein. Auch sein problematisches Sexleben verdient Beachtung.«

»Mein Sexleben geht Sie einen Scheißdreck an!«, fuhr Jung sie an. »Kümmern Sie sich um Ihr eigenes. Das reicht vollständig.«

»Warum regen Sie sich so auf? Haben Sie einen Grund?«

»Ich und Ehrgeiz! Ein Beamter, der sich mit Fällen herumschlägt, die keiner haben will? Das glauben Sie doch wohl nicht im Ernst. Und Perfektion! Das müssen *Sie* mit Ihrem Fitnesswahn mir gerade sagen. Mein Gott!« Er winkte genervt ab.

»Sie sollten sich fragen«, fuhr Charlotte unbeirrt fort, »ob Sie nicht mit dem Kopf durch die Wand wollen. Handeln würde Ihnen zur Abwechslung besser bekommen als immerzu nachzudenken.«

»Wenn ich gestern gehandelt hätte«, erwiderte Jung erregt, »lägen Sie jetzt im Krankenhaus. Hätte ich meine Dienstwaffe dabeigehabt, wären Sie vielleicht tot. Eine einzige Katastrophe!«

»Wenn Sie das *so* sehen wollen, bitte. Dennoch lohnt es sich, darüber nachzudenken, Chef.«

»Sollte ich damit nicht aufhören? Sie sind ganz schön naseweis, wissen Sie das?«

»Ich komme frisch von der Hochschule. Ich weiß nicht, welche Schule Sie besucht haben. Wann war das?«

Jung schüttelte unwillig den Kopf, füllte seine Tasse aus der auf dem Tisch stehenden Kanne und trank.

»Wenn Sie *mir* nicht glauben wollen, dann vielleicht Oscar Wilde«, setzte Charlotte nach.

»Was wissen *Sie* denn schon von Oscar Wilde? War er Thema auf Ihrer Polizeihochschule?« Jung stieß einen sarkastischen Lacher aus.

Charlotte sah ihn mitleidig an und bemerkte dann trocken: »›Denken ist wundervoll, aber noch wundervoller ist das Erlebnis‹, sagt Oscar Wilde.«

Jung rollte mit den Augen. Er wollte nichts mehr davon hören. Charlotte blieb hartnäckig.

»Gestern fühlten Sie sich von dem Steward verfolgt. Wollen Sie nicht mehr über ihn wissen?«

Jung ließ sich Zeit. Dann stellte er unter Stöhnen seine Kaffeetasse zurück. »Gestern war mir nicht gut. Vielleicht habe ich überreagiert. Dennoch stimmt etwas nicht mit ihm. Zugegeben, er trauert um seinen Sohn. Aber das ist es nicht.« Jung bemühte sich um einen normalen Tonfall. »Lassen Sie mal hören. Was haben Sie über ihn?«

Charlotte beugte sich vor. Ihre Stimme klang, als hätte ihr vorheriger Disput gar nicht stattgefunden.

»Eine fortschreitende Kontraktion der Finger führt zu einer geballten Faust. Ein Symbol für gehemmte Aggression und den unterdrückten Wunsch, einmal richtig auf den Tisch zu hauen.« Sie brach ab, um ihre Worte wirken zu lassen.

»Wenn man ihn so sieht, kommt man eher nicht auf diese Idee«, erwiderte Jung.

»Eben. Das ist ja gerade das Unheimliche an ihm. Vielleicht haben Sie darauf unbewusst reagiert. Empfindlich genug sind Sie ja.«

»Sind Sie jetzt meine Therapeutin oder was?«, konterte Jung ungehalten. Sein Wunsch, die Diskussion zu beenden, wurde immer stärker.

»*Sie* haben mir gesagt, was einen guten Ermittler ausmacht, nicht ich.«

»Okay. Und welche Schlüsse ziehen Sie nun aus Ihren vermeintlichen Erkenntnissen?«

»Noch keine. Ich speichere alles in meinem Kopf.«

»Gut. Ich auch. Haben Sie sonst noch was?«, beendete er ärgerlich ihren Wortwechsel.

Charlotte faltete ihre Serviette zusammen und legte sie auf den Teller. »Ich nehme Kontakt zu Ihrem Vertrauensmann auf. Wenn er mir die Dokumente geschickt hat, gehen wir sie durch. Sie telefonieren mit ihm wegen der Eltern. Mehr habe ich nicht.«

»Okay. Gehen wir.«

»Wohin?«

»Ich geh noch mal ans Büffet. Und Sie?«

»Ich bin mit dem Kapitän zum Joggen verabredet. Danach bin ich bei den Staatsanwälten.«

»Geben Sie vorher die Mail-Adresse durch«, brummte Jung.

»Schon erledigt. Bis dann!«

*

Jung grummelte lautlos vor sich hin. Was hatte diese Fitnesstussi auf ihrer Hochschule eigentlich gelernt? Er hatte auf einmal Appetit auf Bohnen und gebratenen Speck. Am Büffet schaufelte er sich eine ordentliche Portion auf den Teller und nahm noch eine Kanne frischen Kaffee mit an den Tisch. Verbissen machte er sich daran, die Kalorien- und Eiweißbomben zu verputzen. Nach der Hälfte schob er den Teller angewidert von sich. Der frische Kaffee war nicht besser als der alte.

Er schaute auf die Uhr. Um zehn war er verabredet. Dann war es in Deutschland kurz vor Dienstschluss. Franzen hatte in Aussicht gestellt, bis dahin fertig zu sein.

*

Sein Handy meldete sich pünktlich. Ihre Begrüßung blieb kurz. Franzen hatte sich den Obduktionsbericht und die Liste der Hinterlassenschaften besorgt. Die Kopien waren auf dem elektronischen Weg nach Québec. Charlotte war schnell gewesen.

»Hast du die Eltern sprechen können?«, fragte Jung.

»Ja. Ich hatte die Mutter am Telefon. Sie …«

»Und der Vater?«

»Ist Arzt. Er war in der Praxis. Dafür …«

»Du hast ihn nicht gesprochen?«

»Nein«, seufzte Franzen. »Kannst du mich mal ausreden lassen, Tomi?«

»Entschuldigung. Schieß los, Morten.«

»Mit dem Vater konnte ich nicht sprechen. Aber *sie* war umso gesprächiger«, fuhr er lebhaft fort. »Sie hegt keinen Groll gegen die Marine. Sie macht der Schiffsführung und der Besatzung auch keine Vorwürfe. Ich fand sie ungewöhnlich gefasst und verständnisvoll. Fast unheimlich. Von einer Mutter hätte ich eigentlich Tränen erwartet, Vorwürfe, Beschuldigungen.«

»Vielleicht kannte sie ihre Tochter zu gut.«

»Wie meinst du das?«

»Ihre Tochter könnte zum Beispiel unter ADHS gelitten haben.«

»ADHS?«

»Aufmerksamkeitsdefizit/Hyperaktivitätssyndrom.«

»Was immer das auch sein mag, aber diese Art von Abgeklärtheit … Ich weiß nicht. Du verstehst, was ich sagen will, nicht wahr?«

»Ja, ich verstehe, was du sagen willst. Aber *was* genau hat sie gesagt?«, fragte Jung ungeduldig. »Ich würde …«

»Tomi! Wart's ab!«, stöhnte Franzen. »Also von Anfang an. So kurz wie möglich. Ich bin zuerst mit ihr die Liste durchgegangen. Es fehlen das Handy ihrer Tochter und ein teurer Lederblouson. Neben ihrem Kulturbeutel hatte sie noch ein Kosmetiktäschchen. Das fehlt auch. Sonst ist alles da. Jedenfalls alles, woran sich die Mutter erinnern kann.«

»Gut. Ist sie dazu schon vorher mal befragt worden?«

»Nein. Dabei hätte sie sicherlich viel zu sagen gehabt. Sie ist eine sehr aufmerksame und besorgte Mutter. So jedenfalls mein Eindruck.«

»Was hat dich darauf gebracht?«

»Sie kennt sich in den Sachen ihrer Tochter sehr gut aus. Das ist schon mal ein erster Hinweis.«

»Gibt es noch mehr?«

»Klar. Sie ist ins Erzählen gekommen. Ich hatte keine Mühe …«

»Was hat sie denn erzählt?«, drängelte sich Jung dazwischen.

»Tomi! Kannst du mal die Klappe halten?«

»Okay. Ich schweige ab jetzt wie ein Grab.«

»Gut so. Also, sie erzählte, dass der Wunsch ihrer Tochter, zur Marine zu gehen, sehr stark gewesen sei, so stark, dass sie sich Sorgen gemacht habe. Die Veränderungen hätten ihr geradezu Angst eingejagt. Auf meine Nachfrage führte sie unter anderem an, dass ihre Tochter von der Aussicht, demnächst zur See zu fahren, so besessen gewesen sei, dass sie von allen guten Geistern verlassen schien. Sogar über den tragischen Tod eines Crewkameraden habe sie sich lustig gemacht, obwohl sie kurz vorher noch mit ihm aus gewesen war. Scheint also ziemlich einschneidend gewesen zu sein.« Franzen schwieg.

»Was meinst du mit *einschneidend*?«, fragte Jung gespannt.

»Das klingt alles nach Aufgeregtheit, nach psychischem Ausnahmezustand.«

»Ja, natürlich. Das ist doch nicht verwunderlich.«

»Wieso?«

»Sie steuert ihren Traumberuf an. Als Frau beim Militär. Das allein genügt schon. Dazu fährt sie zur See mit lauter Männern. Es ist auch nicht unbedingt an der Tagesordnung, dass ein Mensch aus ihrer Nähe ertrinkt. Außerdem ist sie jung.«

»Sie *war* jung, Tomi. Ich habe ihren Obduktionsbericht gelesen.«

»Natürlich. Und? Irgendwas Besonderes? Schwanger, Alkohol im Blut, Leberschaden …«

»Bevor du weitermachst, lass es gut sein. Sie war beneidenswert gesund und unversehrt. Und auch nicht schwanger. Nichts im Blut, was da nicht hingehört. Von ein paar schwachen Hämatomen und Abschürfungen abgesehen, absolut nichts. Von Gewalt keine Spur. Für eine Frau hatte sie sehr kurze Fingernägel. Unlackiert.«

»Alles per se erklärlich.«

»Sehe ich auch so. Ich dachte allerdings, das Herumturnen in den Wanten hinterlässt tiefere Spuren. Verwundert mich.«

»Mich nicht«, erwiderte Jung lapidar. »Schick mir den Bericht. Ich will ihn noch einmal durchgehen. Danke fürs Erste.«

»Gern. Was treibst du da drüben eigentlich? Du ermittelst doch nicht etwa?«

»Man hat mir eine Praktikantin aufs Auge gedrückt. Ich muss sie beschäftigen. Dümmling und Vulgär langweilen sie. Mich übrigens auch.«

»Dann ist sie ja an den Richtigen geraten«, lachte Franzen. »Hast du sie schon vergrault?«

»Ganz im Gegenteil. Sie ist aufdringlich. Ich fühle mich von ihr verfolgt. Sie überfällt mich mit Weisheiten, die ich gar nicht hören will. Frisch von der Schule.«

Sie lachten, und eine Pause entstand.

»Morten, ich muss Schluss machen. Irgendwas stört mich, und ich weiß nicht, was. Wenn ich klarer sehe, ruf ich dich vielleicht noch einmal an.«

»Okay. Ich bin den restlichen Tag und die Nacht in der Inspektion. Bereitschaftsdienst. Tu dir keinen Zwang an.«

»Danke. Bis dann.«

»Tschüs, Tomi. Und viel Spaß mit der Praktikantin.«

»Ich überlass sie gern dir, Morten.«

*

Würde er Charlotte wirklich gern los sein?, fragte sich Jung, während er sein Handy zuklappte. Ihre Gesellschaft war anregend, wenn auch hin und wieder anstrengend. Aber sie war ein besonderer Typ. Sie flößte ihm Respekt ein. Wenn sie der Prototyp für die nachwachsende Generation war, dann könnte die Zukunft doch nicht so deprimierend aussehen, wie bisher zu befürchten stand. Jedenfalls war sie eine ungewöhnliche Frau, gestand er sich ein.

*

Sie hatten sich am Quai 19 verabredet. Seine Laufausrüstung war professionell: Barfußlaufschuhe von Mizuno, Shirt und Hose von 2Xu. Ihre Route lief entlang des Stroms auf der Promenade de la Pointe-a-Carcy. Als sie den Place de Paris erreichten, waren sie warmgelaufen und hatten ihr Tempo einander angepasst. Charlotte stellte mit Befriedigung fest, dass er keinen Wettlauf anstrebte. Mit Männern hatte sie das oft erlebt. Dafür, dass er nicht die Möglichkeit hatte, regelmäßig zu trainieren, lief er wirklich gut. Sein Stil war leicht und flüssig.

»Wie oft laufen Sie in der Woche?«, begann der Kapitän eine Unterhaltung.

»Jeden Tag vorm Frühstück. Wenn's passt, auch noch abends«, erwiderte Charlotte.

»Das sieht man Ihnen an. Haben Sie nicht mal Lust, einen Turn auf einem Windjammer mitzusegeln?«

»Ich habe keinen blassen Schimmer, weder vom Segeln noch von der Marine.«

»Das haben die Kadetten auch nicht. Jedenfalls, wenn sie frisch an Bord kommen.«

»Ich habe die Untersuchungsakte gelesen und wenig verstanden. Was ist zum Beispiel ein Williamsturn oder eine Segeletage? Das müssen die doch bestimmt wissen. Ich weiß das nicht.«

»Nee, das wissen die auch nicht.«

»Okay. Und wie könnte das gehen?«, fragte Charlotte interessiert.

»Wir segeln 2012 eine Regatta von England nach Neufundland. Anlässlich des 100. Jahrestages des Untergangs der Titanic. International besetzt. Die Krusenstern, Christian Radich, Sedow, alle sind sie dabei. Ich habe zwei Gästekojen zu vergeben.«

»Klingt verlockend. Ich will aber nicht ertrinken.«

»Warum sollten Sie?«

»Damals hat's die Titanic erwischt und zwei von Ihnen jetzt.«

»Ja, aber *Sie* doch nicht. Außerdem haben wir heutzutage ganz andere Möglichkeiten. Eisberge sind für uns ein Erlebnis, keine Bedrohung.«

»Wer weiß. Der ertrunkene Matrose geht mir immer wieder im Kopf herum.«

»Sie war Kadettin«, erwiderte der Kapitän.

»Ich meine den Matrosen, der ins Hafenbecken gefallen ist.«

»Ach so. Ja, das ist wirklich tragisch. Armer Erwin. Sein einziger Sohn.«

»Genau das will mir nicht einleuchten. Er kann doch schwimmen. Der Hafen ist nicht die offene See.«

»Ja, wenn er zu uns kommen wollte, musste er schwimmen können. Das ist schon richtig. Aber ich kenne die näheren Umstände nicht.«

»Was meinen Sie damit?«

»Die Wassertemperatur kann eine Rolle gespielt haben, die Kleidung, ein Krampf. Vielleicht hat er sich verletzt, vielleicht Wasser in die Atemwege bekommen. Es gibt Gründe genug.«

»Sie erwähnten Alkohol.«

»Dazu kann ich nichts sagen. Mir fällt das automatisch ein, wenn ich an Jugendliche und Freizeit denke.«

»Gibt es eigentlich einen Untersuchungsbericht?«

»Das müssten Sie doch besser wissen als ich.«

»Weiß ich aber nicht. Noch nicht.«

Sie hatten ihre Unterhaltung das eine oder andere Mal unterbrochen und die Aussicht auf den Strom genossen. Der Schiffsverkehr war rege. Der Kapitän gab kritische Kommentare zu den Schiffen und ihrer Ladung ab. Die Zeit war darüber schnell vergangen. Charlotte spürte, dass es ihm Spaß machte, in ihrer Begleitung zu laufen. Ihr Puls war erhöht, aber sie waren noch weit davon entfernt, ins Schwitzen zu kommen. Am Fuß der Escalier du Cap-Blanc angelangt, blickte Charlotte die Treppe hinauf.

»Schaffen Sie das?«, fragte sie den Kapitän.

»Ich versuche es. Wenn nicht, was machen wir dann?«

»Sie laufen zurück zum Schiff und ich in mein Hotel. Auf mich wartet Arbeit. Sie wissen ja.«

»Auf mich auch. In Ordnung. Dann mal los.«

Charlotte ging die ersten Stufen an, den Kapitän im Schlepptau. Bald vernahm sie in ihrem Rücken sein Keuchen. Bevor sie oben ankam, hatte sie ihn verloren. Sie sah sich auch nicht nach ihm um. Oben atmete sie schwer und der Schweiß lief ihr den Rücken herunter. Sie lief unbeirrt weiter. Sie hatte es eilig. Es bereitete ihr Vergnügen zu spüren, wie ihre Muskeln arbeiteten und ihr Puls sich wieder normalisierte. Im Hotel nahm sie auch das Treppenhaus im Laufschritt. Unter der Dusche entspannte sie sich. Ein wohliges Gefühl hatte von ihr Besitz ergriffen. Es versetzte sie in Arbeitslaune und vermittelte ihr die Gewissheit, dass sie einer wichtigen Sache auf der Spur war.

*

In der Mailbox fand sie die Liste der Hinterlassenschaften und den Obduktionsbericht der Kadettin. Auf Jungs Vertrauensmann war also Verlass, stellte sie mit Befriedigung fest. Das ermutigte sie, nach dem Unfallbericht des verstorbenen Seemanns zu fragen. Wie hieß er eigentlich? Da sie keinen Namen hatte, beschrieb sie mit wenigen Worten, was sie über den Fall wusste. Das war nicht viel. Aber wenn der Mann so gut war, wie es den Anschein hatte, würde er ihn finden.

Sie sah auf die Uhr. In Deutschland musste es Nacht sein. Auf Antwort zu warten, lohnte sich also nicht. Sie las den Obduktionsbericht auf Besonderheiten durch. In ihren Augen gab es keine Auffälligkeiten. Keine Schwangerschaft, keine Gewaltanzeichen, keine Abnormitäten. Da ihr ein Drucker nicht zur Verfügung stand, zog sie die Dokumente auf einen Datenstick, um sie später an Bord ausdrucken zu lassen.

Sie war gerade fertig, als der Eingang einer Mail auf dem Bildschirm angezeigt wurde. Mit Verwunderung las sie die Bestätigung ihrer Anfrage und die Ankündigung, dass in Kürze der gewünschte Untersuchungsbericht zu ihr auf dem Weg sein werde. Der Typ arbeitete also auch nachts. Oder war es eine Frau? M. Franzen konnte beides heißen. Hatte Jung eine Liebschaft auf der Dienststelle? Die Schnelligkeit war verdächtig. Egal, es gefiel ihr. Das Heraussuchen würde etwas dauern, das war ihr klar. Zeit für einen Imbiss.

*

Als sie zurück war, öffnete sie als Erstes die Mailbox. Der Bericht war eingegangen. Gespannt unterzog sie ihn einer ersten Durchsicht. Danach sicherte sie die Datei auf dem Datenstick. Während sie das Dokument ein zweites Mal las, schüttelte sie immer wieder den Kopf. Sie fluchte, keinen Drucker zur Hand zu haben. Sie wünschte sich ein Papier, auf dem sie handschriftlich Anmerkungen und Gedanken hätte notieren können. Sie zügelte sich und las ein drittes Mal: langsam, Wort für Wort. Einige Passagen brannten sich ihr tief ins Gedächtnis. Sie musste Jung sprechen.

Ihre Versuche, ihn ans Telefon zu kriegen, blieben erfolglos. Sie sprach ihm auf die Mailbox. Wahrscheinlich ging er spazieren und wollte nicht gestört werden. Das würde zu ihm passen, fluchte sie lautlos.

Was konnte sie jetzt tun? Die beste Idee war, auf das Schiff zu fahren und erst einmal alles auszudrucken. Es war auch angezeigt, sich bei den Staatsanwälten sehen zu lassen, die am Nachmittag ihre Befragungen fortsetzen würden.

*

Während der Sitzung hatte sie den Bericht durchgearbeitet und sich Anmerkungen und Notizen gemacht. Nervös rollte sie den Bleistift zwischen ihren Fingern hin und her. Wie lange wollten die Staatsanwälte ihr Spiel eigentlich noch treiben? Sie sah auf die Uhr. Was machte Jung nur so lange?

»Ich glaube, wir machen für heute Schluss«, hörte sie Halsbenning endlich sagen. »Morgen Vormittag sehen wir uns noch einmal. Dann informiere ich Sie über das vorläufige Ergebnis. Bis dann.«

Der Kapitän und die Staatsanwälte erhoben sich und verließen die Kajüte. Sie folgte ihnen durch den schmalen Gang auf das Mitteldeck. Bevor sie die Gangway betrat, klingelte ihr Handy. Endlich.

»Ich warte schon lange auf Ihren Rückruf, Chef.«

»Was ist denn?«

»Die Berichte liegen mir jetzt als Hardcopy vor. Ich glaube, ich bin auf etwas gestoßen, das Ihre Hypothese stützen könnte.«

»Ach so! Gut. Wir treffen uns. Ich bin in der Stadt.«

»Wo?«

»In der Auberge du Trésor auf der Rue Ste-Anne am Place d'Armes. Wo sind Sie jetzt?«

»Auf dem Schiff.«

»Okay. Es ist nicht sehr weit. Werden Sie das Bistro finden?«

»Ich habe den Stadtplan. Kein Problem.«

»Gut. Ich warte. Bis gleich.«

»Bis gleich, Chef.«

Sie beeilte sich. Am liebsten wäre sie gelaufen. Aber auch so dauerte es nicht lange, bis sie Jung gefunden hatte. Die Auberge hätte auch in einer französischen Provinzstadt stehen können, eingeschossig, rotes Mansardendach mit Gauben, Sprossenfenster, grün-weiß gestreifte Markisen, ein schmiedeeisernes, heraldisch gearbeitetes Namensschild, bunte Blumengondeln an der Fassade und eine kleine Schultafel vor dem Eingang, auf der das Tagesangebot in Kreide und mit geübter Handschrift aufgeschrieben stand. Sie sah ihn schon von Weitem auf der Terrasse sitzen. Vor ihm auf dem Tisch ein Glas Weißwein.

»Sie machen mich neugierig, Charlotte. Setzen Sie sich. Was möchten Sie trinken?«, begrüßte er sie.

»Danke. Nichts. Später vielleicht.«

»Okay. Dann mal los. Was haben Sie?«

»Den Obduktionsbericht und die Liste der Hinterlassenschaften.« Sie legte die Papiere auf den Tisch.

»Gut. Und da haben Sie etwas herausgefunden?«, lächelte Jung.

»Nein. Ich habe etwas anderes. Den Bericht über den tödlichen Unfall des Matrosen. Der Sohn vom Steward. Sie erinnern sich?«

»Ja. Aber …«

»Darf ich kurz berichten? Dann werden sich viele Ihrer Fragen erledigen.«

»Nur eine einzige vorweg. Wissen die Staatsanwälte davon?«

»Nein. Absolut nichts.«

»Gut, Charlotte. Ich höre.«

»Ohne Unterbrechung?«

»Ich schweige, bis Sie zu Ende sind. Versprochen.«

»Danke. Also: Der Unfall des Matrosen wollte mir nicht aus dem Kopf gehen. Er erschien mir suspekt, zumindest merkwürdig. Nachdem ich den Kontakt zu Ihrem Vertrauensmann schon hergestellt hatte, bat ich ihn um den zweiten Untersuchungsbericht. Das ging sehr schnell.« Charlotte machte eine kurze Pause, um Jungs Gesichtsausdruck genauer zu studieren. Sie sah, dass er Mühe hatte, nicht dazwischenzureden. Sonst nichts.

»Ich habe den Bericht durchgearbeitet«, fuhr sie fort. »Der Matrose ist morgens nach Sonnenaufgang, im Wasser treibend, tot aufgefunden worden. Der Todeszeitpunkt wird auf die Zeit zwischen 22 Uhr abends und ein Uhr morgens geschätzt. Die Bestimmung ist unsicher, weil er im Wasser trieb. Er hatte eine klaffende Wunde am Hinterkopf. Er ist ertrunken, weil er bewusstlos war. Woher die Wunde stammt, konnte nicht eindeutig geklärt werden. Die Polizei nimmt an, dass er sich den Kopf an den Steinen der Uferböschung aufgeschlagen hat. Der Wasserstand war über Nacht angestiegen. Um einen halben Meter. Die Steine lagen morgens unter Wasser. Das nur als Hinweis auf die Ungenauigkeit. Der Promillegehalt im Blut betrug Nullkommasechs, war also nicht sehr hoch. Am Abend, bevor seine Leiche gefunden wurde, hatte er ein Date mit unserer ertrunkenen Kadettin vom Segelschulschiff. In einem italienischen Restaurant nahe der Unglücksstelle. Sie haben sich heftig gestritten. Der Kellner hat das zu Protokoll gegeben. Sie stürmte aufgebracht aus dem Restaurant. Das war gegen 21 Uhr. Was dann passierte, hat der Mann nicht mehr gesehen. Er hatte zu tun. Weitere Augenzeugen haben sich nicht gefunden. Auch nicht für die Zeit danach. Für die geschätzte Todeszeit hatte die Kadettin ein Alibi. Sie war zu Hause. Beide Eltern haben das bestätigt. Die Rechnung hat die Kadettin ein paar Tage später beglichen, als sie wegen ihrer Lederjacke noch einmal vorbeikam. Sie vermisste die Jacke und hoffte, sie dort zu finden. So weit zu den Fakten.« Charlotte holte tief Luft.

»Alles?«, fragte Jung.

»Nein. Das Wichtigste kommt noch.«

»Okay. Dann mal weiter.«

»Die Kadettin wurde nach dem Grund ihres Streites befragt. Die entsprechenden Passagen im Vernehmungsprotokoll habe ich angestrichen. Sie müssen das lesen. Dann wissen Sie, was ich meine.« Sie schob ihm ein Blatt mit dicker roter Randmarkierung über den Tisch. »Fragen sind ab sofort erlaubt.«

Jung nahm das Blatt und las.

»Wollen Sie jetzt etwas bestellen?«, fragte er nach einer Weile.

»Ja. Ich nehme das Gleiche wie Sie.«

Jung streifte sie mit einem überraschten Blick und

winkte dann dem Kellner, der im Eingang stand und die Terrasse im Auge behielt. Dann las er aufmerksam die markierten Stellen.

»Sie meinen also, hier läge das Motiv, nach dem wir suchen«, sagte er schließlich. »Wie hat er davon erfahren?«

»Von der Polizei. Von wem sonst? Bedenken Sie die tiefe Erschütterung. Sie hat seine Zunge gelähmt.«

»Ja«, gab er ihr recht. »Er wirkt wie paralysiert.«

»Und er hat unser Tischgespräch belauscht. Zumindest phasenweise.«

»Sie meinen, er bekam etwas zu wissen, das ihn nervös machte?«

»Das glaube ich«, bekräftigte Charlotte seine Vermutung. »Ich habe noch einmal genau in meiner Erinnerung nachgegraben. Er war im Raum, als Sie Ihren Verdacht äußerten. Er war in Raum, als Sie sagten, wohin Sie spazieren gehen wollten. Er ist Ihnen gefolgt. Das haben Sie gespürt. Dazu die körperlichen Zeichen unterdrückter Wut. Ein geradezu monströser Wutstau. Das hier bringt das Fass zum Überlaufen. Er kann seine Aggressivität nicht mehr kontrollieren und lässt sie raus.«

»Aber keine Spur von Gewalt«, wandte Jung ein. »Das sagt das Obduktionsprotokoll.«

»Es bedarf keiner rohen Gewalt, ein überrumpeltes zierliches Mädchen im Dunkeln über die Reling zu schubsen.«

Der Kellner kam und brachte den Wein. Charlotte

nippte daran und stellte das Glas zurück. Jung beugte sich über das Papier und las es noch einmal durch. Dann sagte er mehr zu sich selbst: »Das hat was. Wenn er zu wissen glaubt, dass wir ihn überprüfen, dann wird er nervös. Nervöse Menschen verraten sich, das ist richtig. Habe ich das tatsächlich gespürt?« Jung nickte mehrmals mit dem Kopf und sagte dann mit Emphase: »Und genau das spielt uns in die Hände.«

»Ich finde, das klingt ermutigend«, kommentierte Charlotte lebhaft. »Leider halten wir nichts in Händen. Nichts Beweiskräftiges jedenfalls.«

»Noch nicht. Ich könnte ihn aber dazu bringen.«

»Wie wollen Sie das anstellen?«

»Weiß ich noch nicht. Ich weiß nur, dass ich ihn bei seinen Geheimnissen packen muss.«

»Ich möchte gern dabei sein.«

Jungs Antwort war ein energisches Kopfschütteln. Charlotte ließ sich nicht abspeisen.

»Eine Frau könnte vielleicht hilfreich sein, wenn es um Gefühle und Geständnisse geht.«

»Ich habe genau das gegenteilige Gefühl. Vielleicht schämt er sich. Vor einer jungen Frau noch mehr. An ihn ranzukommen, wird auch so schwer genug werden.«

»Dann lassen Sie mich wenigstens mithören. Unsichtbar.«

»Okay. Meinetwegen, wenn das geht. Aber lassen wir das vorerst. Es gibt auch noch anderes zu bedenken. Übrigens, gute Arbeit. Chapeau!«

Jung nahm sein Glas und trank ihr zu.

»Danke«, erwiderte sie, heimlich erfreut.

»Hauptsache, die Staatsanwälte bleiben außen vor. Klar?«

»Klar, Chef.«

Sie stellten ihre Gläser zurück.

»In der Liste der Hinterlassenschaften vermisst die Mutter einen Lederblouson, ein Handy und ein kleines Kosmetiktäschchen«, wechselte Jung das Thema. »Sie muss es wissen. Sie ist sehr fürsorglich, sagt mein Vertrauensmann.«

»Haben Sie mit Em-Punkt-Franzen gesprochen?«

»Ja«, erwiderte Jung, ohne mit der Wimper zu zucken. »Die Lederjacke ist an Land verschwunden. Das wissen wir jetzt. Was ist mit dem Handy?«

»Es ist nirgendwo aufgetaucht. Vielleicht hat sie es in der Hand gehabt, als sie ins Wasser stürzte. Dann liegt es jetzt auf dem Meeresgrund.«

»Sie dürfen nicht telefonieren. Warum wollte sie es dennoch dabeihaben?«, gab Jung zu bedenken.

»Sie hat sich über die Vorschrift hinweggesetzt. Dafür hatte sie einen Grund.«

»Welchen?«

»Das wird schwierig.«

»Sie als Frau, was würden Sie sagen? Was kann so wichtig für eine Frau sein, dass sie dafür empfindliche Strafen in Kauf nimmt? Schlimmstenfalls sogar die eigene Karriere aufs Spiel setzt?«

»Liebe, Männer, Familie, Schwangerschaft? Aber schwanger war sie ja nachweislich nicht.«

»Könnte es sein, dass sie ihr Handy bei anderer Gelegenheit verloren hat? Wie gehen Frauen mit Handys um, Charlotte?

»Sie würden es jedem erzählen, wenn es weg ist. Ansonsten kann ich nicht mitreden. Ich bin anders als die typische Frau.«

Jung wollte schon ›Schade!‹ sagen, hielt aber noch rechtzeitig inne, weil es nicht stimmte.

»Dann ist die Frage nach dem Verbleib des Täschchens wohl überflüssig«, bemerkte er stattdessen.

»Mit Kosmetik habe ich keine große Erfahrung«, bedauerte Charlotte scheinheilig.

»Okay«, lachte Jung. »Haben wir sonst noch was?«

»Wir könnten den Provider ausfindig machen und anfragen, ob und wann sie in der fraglichen Nacht vielleicht telefoniert hat. Und mit wem.«

»Gute Idee. Schlechte Idee. Wir ermitteln gar nicht. Was wir tun, ist illegal.«

»Dann frage ich eben illegal.«

Jung lachte.

»Machen Sie, was Sie wollen. Aber sagen Sie es niemandem. Okay?«

»Mach ich.«

»Mir fällt nichts mehr ein. Und Ihnen?«

»Das Alibi der Kadettin ist dünn. Man müsste es genauer prüfen.«

»Die Motivlage ist dünn«, entgegnete Jung abwehrend. »Sie ist tot. Alles, was wir von ihr wissen, deutet auf ein etwas kompliziertes Persönchen hin, aber nicht auf eine Totschlägerin.«

»Aber Streit ist Streit«, widersprach Charlotte heftig. »Die Verletzungen brauchen nicht körperlicher Art zu sein. Seelische Verletzungen kann der Gerichtsmediziner nicht obduzieren. Seelische Vernichtung schon gar nicht. In erster Linie beherrschen Frauen diese Grausamkeiten. In dem anschließenden Gerangel kann schon mal was passieren.«

»Na gut. Aber wie sagten schon die alten Römer? Cui bono? Wer hat was davon? Keiner«, beantwortete Jung seine eigene Frage.

»Okay. Dann eben nicht«, reagierte Charlotte unwillig.

»Wir sehen uns. Morgen beim Frühstück. Bis dahin ist mir was eingefallen«, schloss Jung das Gespräch.

»Okay. Bis morgen, Chef.«

*

Jung blieb noch sitzen. Die Sonne senkte sich über die Stadt. Auf dem Place d'Armes flanierten die Menschen dicht an dicht. Manche hatten sich Decken mitgebracht und picknickten auf dem Rasen. Kinder warfen sich Frisbeeteller zu und ein paar alte Männer spielten Boule. Die Terrasse war bis auf den letzten Platz gefüllt. Der Wein schmeckt ihm besser als das letzte Mal. Wie kann ich den alten Mann zum Reden bringen?, grübelte er. Als die Sonne die ersten Dächer berührte, wusste er, was er zu tun hatte. Ihm fiel auf, dass die Skrupel, die er sonst an dieser Stelle gehabt hätte, einer ungewohnten Gleichgültigkeit gewichen waren.

ZWEITER TAG

Sie schaute auf die Uhr. Kurz nach sechs. Kein Wind, nicht einmal ein Hauch. Der Himmel hatte sich über Nacht zugezogen. Regen strömte herab und legte einen Vorhang aus dicken Tropfen über die Stadt. Mit dem Laufen wird es nichts werden, dachte sie. Sie hätte sich auch gleich unter die Dusche stellen können.

*

»Schietwetter«, fluchte sie und setzte sich zu Jung an den Tisch.

»Am Nachmittag soll es vorbei sein«, besänftigte er sie. »Das sagt der Wetterbericht im Fernsehen. Eine kurze, heftige Störung. Danach Sonne satt.«

»Das beruhigt mich ja«, meinte sie munter. »Ich habe Neues.«

»Was?«

»Nachrichten. Welche wollen Sie zuerst hören? Die gute oder die schlechte?«

»Holen wir uns erst mal was zum Frühstück«, schlug Jung vor. »Danach vertrage ich die schlechten besser.«

Als sie mit Obst und Kaffee wieder zurück waren, sagte Charlotte: »Em-Punkt-Franzen ist wirklich schnell. Und auch noch gut dabei.«

»Warum reden Sie immer von Em-Punkt-Franzen?«, fragte er ungehalten.

»Ist es eine Sie oder ein Er? Ich würde auf eine Sie tippen. Haben Sie was mit ihr?«, fragte sie eine Spur zu harmlos.

Jung lachte los, als hätte er einen guten Witz gehört.

»Was soll das?«, prustete er. »Wollen Sie mir etwas unterstellen?«

»Nee. Überhaupt nicht. Aber Ihr problematisches Sexleben …« Charlotte ließ den Rest offen.

Jung lächelte säuerlich.

»Sein Vorname ist Morten«, wurde er ernst. »Wir teilen ein Geheimnis. Deswegen unser Vertrauensverhältnis. Ich schätze ihn sehr.«

»Ich verstehe. Verzeihung«, sagte Charlotte kühl.

»Keine Ursache. Aber voreilig. Ziemlich problematisch für einen Ermittler«, erwiderte Jung versöhnlich. »Ich vermute, Sie haben ihn für Ihre illegalen Fragen eingespannt«, fuhr er schmunzelnd fort.

»Ja. Meine Bitte hat er sofort erfüllt. Ohne jeden Vorbehalt.«

»Er kennt mich. Ich hoffe, ich kann mich bei ihm irgendwann revanchieren. Was ist mit der schlechten Nachricht?«, kam Jung zum Ausgangspunkt zurück.

»Die gute lieber zuerst«, sagte Charlotte entschlossen.

»Ich höre«, fügte sich Jung.

»Die Kadettin hat sich in der Unglücksnacht während ihrer Wache im Netz angemeldet. Ganz genau um 0:21 Uhr.«

»Sie hatte also einen Grund, gegen die Vorschrift zu verstoßen.«

»Genau«, bestätigte Charlotte.

»Wen hat sie angerufen?«, fragte Jung gespannt.

»Niemanden. Das ist die schlechte Nachricht.«

»Komisch. Was schließen wir daraus?«, fragte er enttäuscht.

»Es könnte sein, dass sie nicht mehr dazu kam, weil ihr Mörder sie vorher über Bord befördert hat. Vielleicht wollte er das Telefonat verhindern. Sie hatte das Handy schon in der Hand, und es ging mit ihr unter. Das würde auch das spurlose Verschwinden erklären«, folgerte Charlotte stolz.

»So könnte es gewesen sein«, stimmte ihr Jung zu. »Wen hat sie erreichen wollen?«

»Das ist die Frage. Wir werden sie nicht beantworten können. Der Mörder vielleicht.«

»Gut.« Jung dachte einen Moment nach. »Haben Sie noch etwas, Charlotte?«, fragte er schließlich geschäftsmäßig.

»Das ist alles«, antwortete sie bedauernd.

»Es wird darauf ankommen«, murmelte er nach einer Weile.

»Auf was?«, fragte sie verständnislos.

»Wie ich ihn zum Reden bringe.«

»Haben Sie einen Plan?«, fragte Charlotte neugierig.

»Sie wollten doch dabei sein, nicht wahr?«, entgegnete Jung.

»Ja. Aber Sie sagten, lieber nicht. Ich würde nur stören.«

»Na ja. Es gibt vielleicht eine Möglichkeit. Der Steward wirft in seiner Mittagspause gern die Angel aus. Vom Achterdeck aus. Das erzählte mir der Kapitän. Da werde ich ihn treffen. Sie können im Niedergang zum Offiziersdeck mithören. Ich lasse das Schott offen. Keiner kann Sie sehen.«

»Was ist mit den anderen? Werden wir ungestört sein?«, gab Charlotte zu bedenken.

»Das Achterdeck ist für die Mannschaften tabu. Außerdem ist nachmittags dienstfrei. Die meisten sind von Bord. Der Rest schläft. Die Wache steht auf der Pier oder döst in den Messen.«

»Okay. Sagen Sie mir, wenn's losgeht?«

»Abgemacht. Halten Sie sich ab Mittag bereit.«

*

Die Angel lehnte an der Reling neben dem Flaggenstock. Der Mann stand daneben und verfolgte gedankenverloren die Schnur und den Schwimmer, der weit draußen auf der gekräuselten Wasseroberfläche auf und ab hüpfte.

»Hallo«, sagte Jung leise. Er wollte den Mann nicht gleich aus seiner Andacht reißen, obwohl ihm klar war, dass er genau deswegen gekommen war. Der Steward streifte Jung mit einem schnellen Blick aus dem Augenwinkel und widmete sich dann wieder stumm seinem Hobby.

»Was fängt man hier?« Jung lehnte sich über die Reling und starrte auf das Wasser. »Das Hafenwasser ist ziemlich klar.«

Tatsächlich sah er unter sich einen Schwarm kleiner Fische, der im Schatten des Hecks fast stillzustehen schien.

»Sehr klein. Lohnt das überhaupt?«

Jung richtete sich wieder auf und wandte sich dem Mann zu. Ein paar graue Brusthaare kringelten sich über dem Kragenbund seines weißen Baumwoll-T-Shirts. Dazu trug er eine kurze verwaschene Jeansjacke und ebensolche Hosen. Seine Füße steckten in ausgelatschten braunen Bordschuhen. Sein spärlicher Haarwuchs war unter einem marineblauen Ballcap verschwunden. Mit dem Rücken an die Reling gelehnt, beobachtete Jung aufmerksam das kantige Profil des großen Mannes. Er schien Jung überhaupt nicht gehört zu haben.

»Warum reden Sie nicht mit mir?«, fragte Jung etwas lauter.

Der Mann zuckte nicht einmal mit der Wimper.

»Mit meiner Kollegin haben Sie sich doch auch unterhalten. An der Treppe. Sie erinnern sich?«

Der Seemann bewegte seine rechte Hand. Es schien Jung, als wolle er sich mit seinen krummen Fingern an die Brust greifen. Er besann sich aber und ließ sie, wo sie war.

»Na gut. Wenn Sie nicht wollen. Bitte, dann eben nicht.«

Jung blieb ruhig. Er musste sich dazu zwingen. Er spürte, wie leise Wut in ihm aufstieg. Er ließ sich Zeit. Auch dazu musste er sich zwingen. Schließlich fragte er betont ruhig, fast beiläufig: »Warum sind Sie mir in der Nacht gefolgt? Wollten Sie mich aus dem Weg räumen? Ich weiß, dass Sie die Kadettin auf dem Gewissen haben.«

Der Mann neben ihm zuckte unmerklich zusammen, blieb aber stumm und rührte sich nicht von der Stelle. Er beherrschte sich mühsam. Jung spürte, wie sich eine explosive Spannung aufbaute. Er fühlte sich herausgefordert und bestätigt zugleich. Er ließ die Zeit verrinnen. Seine Augen ruhten unverwandt auf dem Mann, der ihm jetzt den Rücken zuwandte und krampfhaft die Reling umklammerte.

Schließlich sagte Jung: »Ellen Schwarz hieß das Mädchen. Ihr Sohn war kurz vor seinem Tod mit ihr zusammen. Wussten Sie überhaupt davon? Die Polizei hat den Fall untersucht. *Ich* kenne die Ergebnisse. *Sie* nicht. Es gibt eine Untersuchungsakte. Armer Kerl, Ihr Sohn.«

Der Mann löste sich aus seiner Erstarrung, nahm die Angel auf und kurbelte an der Rolle. Dann zog er den Schwimmer aus dem Wasser und schleuderte ihn in hohem Bogen wieder zurück. Er wiederholte das Manöver mehrmals.

»Ihr Sohn und die Kadettin. Sie hatten einen heftigen Streit«, sagte Jung geschäftsmäßig. »Es ist nicht auszuschließen, dass sie Schuld an seinem Tod hat. Zumindest mitschuldig ist. Wir gehen der Sache nach.«

Er zügelte seine Ungeduld. Er räumte seinen Worten die nötige Zeit ein, um zu wirken. Der Steward zerrte an der Angelschnur. Er wechselte in eine Position weiter weg. Jung blieb, wo er war, machte es sich an der Reling bequem und verschränkte die Arme vor der Brust.

»Wissen Sie überhaupt, was sie über Ihren Sohn zu Protokoll gegeben hat?«, fragte er nach einer Weile süffisant. »Er sei ein komischer Bubi. Nichts als Flausen im Kopf. Von unreifen Bubis wollte sie sich nicht abschleppen lassen. Das habe sie ihm ins Gesicht gesagt. Deswegen der Streit. Ziemlich starker Tobak, finden Sie nicht auch?«

Der Steward drehte Jung den Rücken zu. Er fuhr mit der Hand in seine Brusttasche, ließ sie aber sofort wieder sinken. Dann ließ er die Angelrute los. Seine Finger zitterten. Er umklammerte mit beiden Händen die Reling. Er starrte geradeaus und presste die Lippen aufeinander.

»Und das aus dem Mund eines verzogenen Arzttöchterchens«, setzte Jung nach. »Eine kleine Tussi, die dasselbe Spielchen auch mit anderen trieb. Gleichzeitig. Eine ganz besonders perverse Masche, oder? Verständlich, wenn er sich ordentlich einen hinter die Binde gekippt hat. Aber irgendwie auch saublöd.«

Sein Gegenüber ließ die Reling nicht aus den Fäusten. Seine Fingerknöchel liefen weiß an. Es schien ihm, als ließe sich sein Peiniger eine Ewigkeit Zeit.

»Warum hat sich Ihr Sohn nur an eine solche nichtsnutzige Göre gehängt?«, fragte Jung endlich. »Hatte er etwa ernste Absichten? Das wäre wirklich selten naiv. Geradezu krank. Unfassbar.«

Der Steward wandte sich ab und holte den Flachmann hervor. Nach einem schnellen, kräftigen Schluck steckte er ihn hastig wieder weg. Jung lehnte reglos an seinem Platz und schwieg, als müsse er seine Gedanken ordnen.

»Er muss ein haltloser Trottel gewesen sein, Ihr verehrter Kronsohn«, verkündete Jung schließlich. Seine Stimme drückte Desinteresse und Mitleidlosigkeit aus.

Die Hand des Stewards zuckte. Er nahm die Angel wieder auf und kurbelte hektisch an der Rolle. Das Schweigen wälzte sich über ihn wie eine Last, die immer schwerer wurde und ihn zu erdrücken drohte.

»Ich glaube, die Schuld liegt bei Ihnen, ganz allein bei Ihnen«, bekräftigte Jung seine Anklage. »Sie waren nicht für ihn da, als er Sie brauchte. Sie trieben sich lieber sonstwo herum. Auf dem Meer, in Hafenspelunken und was weiß ich, wo sonst noch. Ihre Frau musste mit ihrem pubertierenden Sprössling allein fertig werden. Viel Geld hatte sie auch nicht. Ist es nicht so?«

In Jungs Stimme hatte sich ein tiefes Bedauern eingeschlichen. Er wandte sich um, legte die Unterarme auf die

Reling und sah über das Hafenbecken hinweg an das jenseitige Ufer und auf die in langer Reihe stehenden Silos. Der Steward hatte die Kurbel fahren lassen, bückte sich und wühlte in seiner Angelausrüstung.

»Und Ihre Frau?«, redete Jung unverdrossen weiter. »Sie müsste sich doch im Grabe umdrehen, wenn sie wüsste, wie ihr Sohn umgekommen ist. Ihr erster und einziger Sohn. Ihr Großer. Mein Gott! Ich weiß nicht, was …«

Jung hörte Schritte hinter sich. Bevor er sich umdrehen konnte, durchbohrte ein flammender Schmerz seine linke Schulter. Er stürzte und schlug mit der Schläfe auf einen Decksbeschlag. Er hörte gellende Schreie und lautes Stöhnen. Dann verlor er das Bewusstsein.

FÜNFTER TAG

Er schlug die Augen auf und blickte in das Gesicht von Charlotte. Das Weiß ihrer Augäpfel leuchtete unnatürlich hell in dem Dämmer, der sie umgab. Keine roten Blutäderchen, keine geröteten Schleimhäute, keine dunklen Augenringe. Erst jetzt entdeckte er die schwarzen Einsprengsel in ihrer blaugrünen Iris. Die fein geschwungenen, zarten Augenbrauen passten nicht so recht zu den starken Jochbeinen und der kräftigen Kinnpartie. Die Gesichtshaut war straff und gut durchblutet, ihr Mund geschlossen. Warum gab es Frauen, die sich die Lippen aufspritzen ließen? Er schloss die Augen. Inmitten seiner Müdigkeit regte sich der Wunsch, noch einmal von vorne anfangen zu können.

»Wo bin ich?«, flüsterte er.

»Im Schiffslazarett.«

Er rieb die Lippen aufeinander und befeuchtete sie.

»Sie müssen trinken«, befahl Charlotte leise.

Er spürte ein Glas an den Lippen und trank einen Schluck Wasser. Sein Hals schmerzte.

»Was ist passiert?«, fragte er tonlos.

»Es ist alles in Ordnung. Sie werden bald wieder gesund sein, sagen die Ärzte.«

Jung sah sich orientierungslos um. Er bemühte sich, den Nebel in seinem Kopf zu durchdringen. Brust und

Schulter schmerzten. Der Schlag seines Herzens pochte stechend in seinem Hals und machte ihm Angst.

»Wie lang bin ich schon hier?«

»Lang genug. Wie fühlen Sie sich? Haben Sie Schmerzen?«

»Es geht. Ich bin müde.«

Er blickte an sich herab und sah, dass seine gesamte linke Seite vom Kinn bis zur Hüfte einschließlich des Arms in dicken Verbänden steckte. Sein Versuch, den Arm zu bewegen, endete in einer Lawine stechender Schmerzen in Hals und Schulter.

»Sie dürfen sich nicht bewegen. Sie lagen drei Tage im künstlichen Koma. Ihre Halsschlagader musste geflickt werden. Sie brauchen absolute Ruhe.«

»Was ist passiert?«, fragte Jung noch einmal heiser. »Erzählen Sie…«

»Sie haben Glück gehabt. Sehr viel Glück.«

»Was ist passiert? Bitte!«, setzte er müde nach.

»Der Steward. Er ist mit dem Fischmesser auf Sie los. Ich konnte ihn nicht rechtzeitig aufhalten. Leider.«

»Und was dann?«

»Ich habe ihn außer Gefecht gesetzt.«

»Wie?«

Hinter seiner Mattigkeit spürte sie eine Ungeduld, die sie beunruhigte.

»Ich habe den schwarzen Gürtel im Taekwondo. Ich war sehr schnell. Leider nicht schnell genug.«

Jung lächelte und schloss die Augen.

»Mehr, Bakkens. Was dann? Erzählen Sie!«, drängelte er.

»Sie haben wirklich großes Glück gehabt«, lenkte sie ab. »Unwahrscheinlich großes Glück, wenn Sie mich fragen. Sie sollten dankbar sein und sich ausruhen. Das ist eine Empfehlung der Ärzte.«

»Ja. Das sagten Sie schon«, stöhnte Jung. »Erzählen Sie. Bitte!«

»Na gut«, gab sie nach. »Wie ich schon sagte, er stach von hinten auf Sie ein, hat aber nur das Schulterblatt erwischt. Das Messer ist abgerutscht, am Acromion, um ganz genau zu sein. Bevor ich ihn überwältigen konnte, hat er aus Ihrem Nacken und Ihrer Schulter Hackfleisch gemacht und die Halsschlagader beschädigt, die Arteria carotis externa. Dem Schiffssanitäter haben Sie es zu verdanken, dass Sie glimpflich davongekommen sind. Andernfalls wären Ihre Chancen, zu verbluten, ziemlich groß gewesen.«

»Danke. Und dann?«, ächzte Jung.

»Der Schiffsarzt hat Sie sofort ins Spital der kanadischen Marine überführen lassen. Nochmals Glück. Die haben da einen guten Gefäßchirurgen. Der hat das Chaos in Schulter und Nacken beseitigt und die Schlagader geflickt. Das künstliche Koma war nötig, damit die Verwundungen und Narben nicht aufplatzen. Nur für den Fall, dass Sie sich unkontrolliert bewegt hätten. Sie haben Ihnen eine gute Konstitution attestiert. Der Schiffsarzt kümmert sich seitdem um Sie.«

Charlotte machte eine Pause und ließ Jung noch etwas Wasser trinken.

»Wo ist er jetzt?«

»Wer?«

»Der Seemann.«

»Erst mal ist er in Arrest gekommen. Halsbenning hat einen Haftbefehl erwirkt. Jetzt ist er in Untersuchungshaft. In Deutschland.«

Jung schloss die Augen, als wolle er nachdenken.

»Was sagen die Staatsanwälte?«, fragte er schließlich matt.

»Können Sie sich das nicht denken?«

Jungs Lachen erstarb unter einer erneuten Schmerzattacke. Er bat Charlotte mit den Augen um einen Schluck Wasser.

»Sind sie hier?«, rang er sich gequält ab, nachdem er getrunken hatte.

»Nicht mehr. Sie haben den Steward nach Deutschland begleitet.«

»Und?«

»Was und?«

»Haben Sie ihnen von unseren Aktivitäten erzählt?«

»Natürlich. Das musste ich ja. Der Mann ist des Mordes und eines versuchten Mordes schuldig.«

»Nicht so vorschnell, Charlotte«, flüsterte Jung. »Die Staatsanwälte ...«

»... sehen das jedenfalls so«, ließ sie ihn nicht ausreden. »Seine Sachen sind durchsucht worden. Die vermisste Kosmetiktasche der Kadettin ist auch gefunden worden.«

»Wo?«

»In seiner Pantry.«

»Das ist eher sonderbar. Gehörte sie überhaupt der Kadettin?«

»Das Täschchen gehörte ihr. Ich habe mit Ihrem Kollegen in Flensburg gesprochen. Er hat die Mutter befragt. Die Tasche hat sie beschreiben können. Das Parfüm ihrer Tochter war auch darin.«

»Welches? Wie heißt es?«

»Un jardin sur le toit.«

»Das benutzen andere auch.«

»Die kriminaltechnische Untersuchung wird das alles abschließend klären. Die Staatsanwälte jedenfalls …«

»… reden viel und machen ihre Arbeit«, unterbrach sie Jung leise. »Hat Halsbenning schon Dienstaufsichtsbeschwerde eingereicht?«

»Das weiß ich nicht. Aber sie sind stinksauer auf Sie. Das muss ich Ihnen ja nicht extra erklären, nicht wahr?«

»Nein. Warum sind Sie noch hier?«

»Weiß ich nicht. Der kleine Gnom hat mich angewiesen zu bleiben.«

»Sie sind mir zugeteilt. Daran kann nur der Polizeipräsident etwas ändern«, erwiderte Jung lahm.

»Der hat übrigens Genesungswünsche übermitteln lassen«, teilte ihm Charlotte nüchtern mit. »Ihr Chef in

Flensburg auch. Kommen Sie schnell wieder auf die Beine, soll ich Ihnen ausrichten. Beide sind informiert.«

»Ist meine Frau benachrichtigt?«

»Ihr Chef hat das übernommen. Er hat sie beruhigt, sagt Ihr Freund.«

Jung wollte lachen, verbiss es sich aber gerade noch, um nicht eine erneute Schmerzwelle über sich ergehen lassen zu müssen.

»Mein Chef. Ich mag ihn«, grinste er gequält. »Ich werde mit ihr telefonieren«, murmelte er abschließend.

Charlotte hielt noch immer das Glas in den Händen und machte Anstalten, ihm noch einmal zu trinken zu geben. Er nahm ihr das Glas mit der gesunden Rechten ab.

»Ich sehe schon. Sie sind auf dem besten Weg«, stellte sie mit deutlichem Spott in der Stimme fest.

»Wie geht's jetzt weiter, Charlotte?«

»Wir müssen noch ein paar Tage warten, bis Sie reisefähig sind. Mit dem nächsten Shuttle sollte das eigentlich klappen, sagt der Doktor. Aber nur, wenn Sie brav sind. Der Zwischenstopp in Québec ist schon bestätigt.«

Jung hatte dem nichts hinzuzufügen. Er verzog das Gesicht zu einer Grimasse des Unwillens. Die Schmerzen und unangenehmen Verspannungen in Hals und Schulter quälten ihn.

»Haben Sie keine Wut im Bauch?«, fragte Charlotte mitfühlend.

»Nein. Warum?«, stöhnte er.

»Der Steward. Schließlich wollte er Ihnen ans Leder.«

»Ach, das meinen Sie. Nein, nein, ich …« Er brach mittendrin ab.

»Was wollten Sie sagen, Chef?«, hakte Charlotte nach.

Jung zog die Augenbrauen hoch und schloss die Augen. Er hielt die Lippen aufeinandergepresst, als wollte er sie niemals wieder öffnen.

HEIMREISE

Die Sonne verschwand wie ein riesiger, roter Ball hinter der bewaldeten Wildnis im Westen. Im Osten funkelten die ersten Sterne an einem blank gefegten Himmel. Der Airbus mit dem aufgemalten schwarzen Kreuz am Rumpf wartete auf einem Abstellplatz, weit weg vom Abflugterminal des Jean Lesage International Airports. Ein Notausgang in der Umzäunung war für sie geöffnet worden. Der Fahrer durfte sie bis an die Gangway bringen. Jung war dankbar dafür. Unter den dicken Verbänden schmerzte seine Schulter noch immer, und das Gehen strengte ihn an.

»Tut mir leid, dass Ihnen das gerade auf meinem Schiff passieren musste«, verabschiedete sich der Kommandant.

»Nochmals meinen aufrichtigen Dank an Ihre Sanitäter. Ohne sie – wer weiß, wie es ausgegangen wäre«, erwiderte Jung versöhnlich.

»Hoffentlich bleiben keine Schäden zurück.«

»Die Ärzte sagen, es bestünde kein Grund zur Besorgnis«, beruhigte Jung den Kapitän.

»Das sind schöne Worte. Aber was heißt das schon?« Ja, dachte Jung, eine gute Frage. Probleme hatte er auch vorher gehabt. Würden sie mehr werden? Ihm kam der flüchtige Gedanke, dass es eher umgekehrt sein könnte. Bald schon würde er die Erleichterung genießen, die sich einstellte, wenn man etwas geschafft hatte. Laut sagte er: »Das wird die Zukunft zeigen. Ich bin zuversichtlich.«

Sie reichten sich die Hände und wünschten sich alles Gute. Charlotte nahm seine Reisetasche und sie stiegen langsam die Gangway hinauf.

Der Flieger war fast leer. Zwei bis drei Dutzend Passagiere hatten sich auf die Sitzreihen verteilt. Für Jung und Charlotte waren die Plätze vor der Pantry freigehalten worden. Sie genossen die ungewohnte Bequemlichkeit. Nachdem das Flugzeug abgehoben hatte, nahm Jung von den schmerzstillenden Pillen, die sie ihm mitgegeben hatten. Dann machte er sich lang und bald darauf war er eingeschlafen.

*

Ein sanftes Rütteln an seinem gesunden Arm weckte ihn auf. Charlotte hatte sich über ihn gebeugt und sah ihn besorgt an.

»Wir sind bald da.«

Jung richtete sich auf. Er zuckte unter dem Schmerz in seiner Schulter zusammen.

»Wollen Sie vorher noch etwas essen? Sie sollten auf jeden Fall trinken, Chef. Sie brauchen Wasser«, redete sie ihm zu.

»Wo sind wir?«

»Über Schottland, glaube ich. Noch circa eine Stunde und wir landen.«

Jung riss die Augen auf, um endgültig wach zu werden.

»Okay. Wasser wäre gut. Ich habe keinen Hunger.«

Charlotte verschwand nach vorn und kam mit einer Flasche Wasser und einem Becher zurück. Sie schenkte voll und setzte sich neben ihn.

»Hier, bitte. Wie geht es Ihnen?«

Er trank den Becher leer.

»Gut. Sehr gut«, erwiderte er zufrieden.

»Was macht die Schulter?«

»Alles im Lot. Sie schmerzt. Stört aber weiter nicht.«

»Und wie geht's Ihrem Seelenfrieden?«

»Könnte besser sein«, lächelte er.

»Sie können zufrieden sein«, sagte Charlotte freundlich. Er schwieg, als wollte er Zeit haben, darüber nachzudenken. Schließlich sagte er: »Haben Sie neue Informationen?«

»Welche neuen Informationen? Was meinen Sie?«

»Hat er gestanden?«, fragte Jung und wandte sich ihr zu.

»Nein. Warum auch? Die Attacke auf Sie hat ihn entlarvt. Eindeutiger geht's gar nicht«, entgegnete sie cool.

»Ja, so kann man das sehen. Es gibt aber Einwände.«

»Welche denn?«

»Ich habe einen Fehler gemacht«, gab er leise zu.

»Sie hätten tot sein können. Das ist der einzige Fehler, den ich sehe.«

»Um ehrlich zu sein, hatte ich eine Wut auf ihn, weil

er nicht reden wollte. Ein Recht, das ihm selbst die Strafprozessordnung einräumt. Ich habe ihn dann bis aufs Blut gereizt und seine Ehre besudelt. Man könnte ihm Notwehr einräumen.«

»Das ist absolut absurd. So macht er sich doch nur verdächtiger. Wenn er unschuldig ist, warum redet er dann nicht?«

»Weil er nicht will. Sie können niemanden zwingen. Und Schweigen kann genauso beredt sein wie Worte. Es kommt nur darauf an, wie wir das interpretieren.«

»Sehr weit hergeholt«, bemerkte Charlotte unwillig. »Er ist der Täter.«

»Libenter homines id, quod volunt, credunt», wandte Jung lächelnd ein.

»Was heißt das, Chef?«

»Wir dürfen nicht voreilige Schlüsse ziehen, Charlotte.«

»Ja, aber mehr geht doch gar nicht. Was denn noch?«

»Ein Geständnis. *Das* brauchen wir. Meine Wut war unprofessionell. Sie hätte mich stutzig machen müssen.«

»Was hätten Sie denn sonst tun sollen?«, warf Charlotte ein.

»Mich zurücknehmen und abwarten. Einfach nur Geduld üben und Verständnis entwickeln. Ich könnte mir vorstellen, dass er sich in der Untersuchungshaft eher was antut, als dass er anfängt zu reden.«

»Wie kommen Sie darauf?«

Charlottes Stimme wurde immer unwilliger.

»Seine Situation ist ausweglos. Ihn erwartet nichts als Elend und Trostlosigkeit.«

Sie schwiegen. Charlotte schenkte noch einmal seinen Becher voll. Ihr Unwillen stand ihr ins Gesicht geschrieben. Sie stellte die Flasche weg und lehnte sich in ihren Sitz zurück.

»Auf dem Herflug wollten Sie mir eine Geschichte erzählen«, wechselte sie abrupt das Thema. »Ich kenne das Ende noch nicht.«

»Ja, richtig. Wo war ich stehen geblieben?«

»Ihr Gefühl, das Sie nervös machte. In der Wohnung Ihrer Freunde.«

»Freunde, nein. Bekannte. Ich ging nicht mehr hin. Ich fühlte mich von ihnen benutzt. Verarscht, um es mal drastisch auszudrücken.«

»Das ist ja interessant. Wieso?«

»Ich sagte ja schon, dass sie ein riesiges Tamtam um ihre Wohnung machten. Jedes Stück darin war Gegenstand langer Erzählungen über abenteuerliche Reisen, die sie zu seiner Beschaffung unternommen hatten. Der Preis war wichtig. Er wurde niemals ausgelassen. Meistens nur beiläufig und mit geheuchelter Schamhaftigkeit. Alles war natürlich sehr teuer, versteht sich. Im Windfang hing eine kleine, fast unscheinbare, aber kunstvoll geschnitzte Galionsfigur des historischen Seglers ›Panama‹. Ich hatte einen ganzen Abend damit verbracht, mir die Geschichte über den Erwerb der Figur und das Schicksal dieses Dreimasters anzuhören. Ich weiß es noch wie heute. Die Bark war am 20. März 1872 auf einer Reise mit Kohle von Aberdeen nach Kopenhagen auf dem Skagenriff gestrandet.«

»Das ist doch eine tolle Geschichte«, unterbrach sie ihn lebhaft.

»Sie hatten die Figur in Australien bei einem Antiquar in Perth entdeckt. Sie kostete ein paar 1000 australische Dollar.«

»Ach so«, Charlotte nickte mit dem Kopf. »Aber wer sich das leisten kann, warum nicht?«

»Ja, aber bei meinem letzten Besuch war sie weg und durch irgendetwas Kleines in Gold ersetzt worden. Im Vorbeilaufen hatte sich diese Veränderung meinem Unterbewusstsein mitgeteilt. Das war der Auslöser meiner Unruhe.«

»Und weiter? Was ist dann passiert?«

»Na ja, als ich mich verabschiedete, entdeckte ich den Grund meiner Irritation und fragte, wo die hübsche Figur geblieben sei.« Jung nahm einen Schluck Wasser und sah aus dem Kabinenfenster in die schwarze Nacht.

»Und? Wo war sie geblieben?«, drängelte Charlotte.

»Sie haben sie entsorgt. Auf meine Nachfrage sagte meine Bekannte, sie habe einfach nicht mehr in ihr Heim gepasst. Den Ekel in ihrem Gesicht hätten Sie sehen sollen. Außerdem setze sich Staub in das feine Schnitzwerk. Mühselig zu säubern. Was sagt man dazu?«

»Snobs, die gibt's nun mal«, kommentierte Charlotte lapidar.

»Ja, das weiß ich auch. Aber ich glaube, es steckte was ganz anderes dahinter.«

»Was?«, fragte Charlotte neugierig.

»Die äußere Pracht war die Dekoration, hinter der sie ihre wahren Verhältnisse versteckten. Man kann auch Probleme dazu sagen. Aber Probleme, die versteckt werden, fangen an zu stinken und werden immer hässlicher. Nach einer Weile muss eine neue Deko her, damit …«

»Was stört Sie denn daran?«, unterbrach ihn Charlotte.

»Dass ich meine Zeit damit verplempere. Probleme haben wir alle, mehr oder weniger. Unsere Möglichkeiten sollten wir für die Lösung nutzen, nicht für teure Versteckspielchen.«

»Sie sind ziemlich moralisch drauf, Chef«, ereiferte sie sich. »Was ist denn, wenn die Probleme zu schwer wiegen? Wenn sie überhaupt keine Probleme sehen? Oder die Lösungen nicht in ihrer Macht stehen?«

»Mag ja alles sein. Trotzdem. Etwas weniger Feigheit. Das ist doch nicht zu viel verlangt. Besonders, wenn genug Geld da ist.«

»Das kapiere ich nicht.«

»Ich spreche von Verantwortung, Charlotte.«

»Was hat das damit zu tun?«

»Meine Mutter hätte ihnen Verschwendung vorgeworfen. Völlerei oder Selbstsucht trifft's auch. Eine Todsünde. Unverantwortlich.«

»In biblischen Zeiten war das vielleicht mal so. Aber

heutzutage? Die Leute können mit ihrem Geld machen, was sie wollen. Wollen Sie ihnen das verbieten? Wo kämen wir denn da hin?«

»Finden Sie es in Ordnung, ein Kunstwerk und ein paar 1000 Dollar in den Müll zu schmeißen?«

»Australische Dollar, Chef«, verbesserte ihn Charlotte pampig.

Jung lächelte säuerlich und lehnte sich zurück.

»Okay«, beruhigte er sich. »Letztlich bescheißen sie vor allem sich selbst. Lassen wir's dabei. Im Übrigen glaube ich, dass sie irgendwann doch noch bekommen, was sie partout nicht haben wollen.«

»Was soll das sein? Das würde mich wirklich interessieren«, fragte Charlotte spöttisch.

»Ach, was weiß ich.« Jungs Tonfall machte deutlich, dass er nicht mehr weiter über das Thema diskutieren wollte.

»Und was hat das Ganze nun mit unserer Arbeit zu tun?«, fragte Charlotte nach einer Weile nüchtern.

»Gute Ermittler dürfen sich nicht ablenken lassen, müssen voll konzentriert bleiben. Man könnte auch sagen, sie müssen auf ihre Intuitionen achten. Die haben immer eine Botschaft für uns.«

»Fragt sich nur, welche«, spottete Charlotte.

»Genau. Das herauszufinden, ist unsere Aufgabe. Manchmal spielen sie Katz und Maus mit uns. Schwer, da durchzusteigen. Braucht viel Erfahrung. Und man muss sich selbst sehr gut kennen.«

Jung nahm einen Schluck Wasser und stellte den Becher beiseite.

»Was ist aus den beiden geworden? Hatten Sie noch einmal Kontakt zu ihnen?«, kam Charlotte auf seine Erzählung zurück.

»Nein. Aber die Presse berichtete über sie. Der Mann war leitender Angestellter einer Bank. Sie kam irgendwann ins Schleudern. Er wurde der Veruntreuung von Kundengeldern beschuldigt. Er bekam eine Bewährungsstrafe und eine hohe Abfindung von seiner Bank. Dann wurde es still um ihn.«

»Und die Frau?«

»Während seines Prozesses versuchte er, sich damit zu verteidigen, dass er unter enormem Stress gestanden habe. Will sagen, er wusste nicht, was er tat. Der Stress war privater Natur. Seine Frau war gestorben. An Brustkrebs.«

»Toller Mann«, sagte Charlotte angewidert. »Zu Krebs hätte ich allerdings etwas zu sagen.«

»Tun Sie sich keinen Zwang an«, ermunterte Jung sie lachend. »Ich bin ein Bewunderer Ihrer Fähigkeiten.«

»Veralbern Sie mich nicht schon wieder. Ich …«

»Das liegt mir gänzlich fern«, fiel er ihr ins Wort. »Ich möchte …«

»Krebs ist eine todernste Sache, Chef«, unterbrach sie ihn. »Jedermann glaubt, das zu wissen.«

»Glaubt?«, fragte Jung. »Ist es nicht so?«

»Nein. Es verhält sich im Grunde ganz anders.«

»Wie denn? Was meinen Sie?«

»Krebs ist das Symptom missverstandener Liebe. Krebs hat nur Respekt vor der wahren Liebe. Symbol der wahren Liebe ist das Herz. Das Herz ist das einzige Organ, das vom Krebs nicht befallen werden kann.«

Charlotte klang, als hätte sie die Sätze auswendig gelernt. Sie schwieg, als befürchtete sie, eine nähere Erläuterung geben zu müssen. Jung presste die Lippen aufeinander und nickte mehrmals mit dem Kopf.

»Tja, die Liebe. Was soll man dazu sagen? Das Geheimnis der Liebe ist größer als das Geheimnis des Todes, sagt Oscar Wilde. Das ist doch Ihr Spezi, nicht wahr?«

»Seien Sie nicht so kleinlich und nachtragend. Sagen Sie lieber was Vernünftiges über die wahre Liebe.«

»Etwas Vernünftiges?«, lachte Jung verhalten. Nach einer Weile stellte er lapidar fest: »Die wahre Liebe ist kein Gefühl.«

»Was denn sonst?«, fragte Charlotte mit Nachdruck.

Jung ließ sich nochmals Zeit. Dann wandte er sich zu ihr um und sagte: »Die wahre Liebe ist ein göttliches Geschenk. Es beschert uns kein Gefühl, sondern etwas, dem wir nur ein einziges Mal in unserem Leben begegnen. Eine Gnade ohne Wiederholung. Entweder wir haben sie oder sie wartet noch auf uns. Die wahre Liebe versetzt uns in einen Zustand, in dem der Mensch sein Glück heraufziehen sieht. Ein Glück, das immer und ewig dauern wird. Die Verheißung ist unwiderstehlich. Die Liebe ist eine Macht, die auch vor dem Tod nicht in die Knie geht und die keine Hindernisse akzeptiert. Und obwohl sie in der Regel tragisch endet, macht sie uns …«

Jung brach ab. Während Charlotte ihm zugehört hatte, waren ihre Gesichtszüge ausdruckslos geworden. Er konnte darin nichts lesen. Kein Verstehen, keine Kritik, keine Häme, keine Zustimmung, rein gar nichts. Der hymnische Ton, in den er unwillkürlich verfallen war, berührte ihn plötzlich peinlich. Er schloss den Mund und lehnte den Kopf zurück. Welchen Mist redest du da eigentlich, fragte er sich.

»Genug davon«, fuhr er nach einer Weile mit aufgesetzter Munterkeit fort. »Warum sollte man Menschen lieben? Gibt es irgendeinen Grund dafür? Ich sehe keinen.«

»Das ist doch Unsinn.« Charlotte war aus ihrer Erstarrung erwacht. »Tun Sie doch nicht so abgebrüht. In Wirklichkeit sind Sie auch nur so eine Art wehleidiger Softi«, fügte sie ärgerlich hinzu.

»Wie kommen Sie denn darauf?«, lachte Jung verlegen. Charlotte hüllte sich in Schweigen.

»Na gut«, lenkte er ein. »Aber bitte etwas präziser, Frau Kommissarin. Welcher Art?«

»Ist doch egal«, ruderte Charlotte zurück. »Sie wollen das doch gar nicht wirklich hören. Schon gar nicht von mir. Ich handle mir nur Ärger ein.«

»Ärger kriegen Sie, wenn Sie jetzt kneifen. Also machen Sie schon. Mein Sexleben haben Sie ja auch kommentiert, was soll da …«

»Na gut«, beeilte sie sich. »Meiner Meinung nach sind Sie ein altmodischer Tugendbold mit zu viel saurer Moral.«

Jung lachte gekünstelt. Ihre Jugend kam ihm auf einmal verdächtig vor. Ihr Tonfall berührte ihn merkwürdig. Er fühlte sich verkannt und angegriffen.

»*Tugendbold*, *altmodisch*?«, fragte er sarkastisch. »Wofür, glauben Sie, werden wir bezahlt?«

»Dafür, Kriminelle zu fangen und sie ihrem Richter zuzuführen«, antwortete Charlotte. »Worauf wollen Sie hinaus?«

»Und wie machen wir das?«, überging er ihre Frage.

»Indem wir sie überführen und verhaften«, erwiderte Charlotte widerwillig.

»Sie wiederholen sich, Bakkens.«

»Was meinen Sie?«, fragte sie verständnislos.

»Wir überführen und verhaften sie, weil sich das für eine zivilisierte Gesellschaft so gehört. Aber das *Wie* ist etwas völlig anderes. Es hat sich nach den Normen unseres Rechtsstaates zu richten, der sich auf die Werte christlich-abendländischer Kultur beruft. Das heißt – und nun hören Sie mal ganz genau zu –, das heißt, dass sich unser Tun an anderen Kriterien messen lassen muss als das von Kriminellen.«

Jung zuckte innerlich zusammen. Im Grunde war er selbst nicht mehr davon überzeugt, was er hier predigte. Hatte er nicht gerade das beste Gegenbeispiel abgeliefert? War die Berufung auf Werte nicht blanker Unsinn, nur schöne Theorie? Der Erfolg und der persönliche Mehrwert hatten noch immer jedes Mittel geheiligt und der Mensch hatte diese Erkenntnis tief inhaliert. War das nicht überhaupt Teil seiner Natur? Schuld lud nur auf sich, wer sich erwischen ließ. Ein Blödmann. Zum Vergessen. Weg damit.

»Soweit zu *altmodisch* und *Tugendbold*«, winkte er genervt ab.

»Als da wären?«, blieb Charlotte unnachgiebig.

»Was?«

»Na, die Werte. Welche meinen Sie?«

»Liebe deinen Nächsten wie dich selbst, zum Beispiel«, antwortete er ohne Überzeugung. »Das kennen Sie doch, oder?«

»Ja, natürlich, Herr Pastor.«

Jung lachte lautlos. Pastor, ach du großer Gott. Leise sagte er: »Und was ist daran falsch?«

»Nichts als Gerede. Fangen Sie lieber mal an damit«, kam Charlotte wieder in Fahrt.

»Mit was?«

»Lieben Sie sich selbst. Dann kommt das andere von allein.«

»Dazu müsste ich vergessen können«, seufzte er. »Nicht mal eine Flasche 59er Rauenthaler Baiken schafft das.«

Ihn überfielen plötzlich furchtbare Selbstzweifel. Trank er etwa zu viel? War er dabei, seine Dämonen in Wein zu ertränken, anstatt ihnen die Stirn zu bieten und unter Kontrolle zu bringen? Zu viel Alkohol war nicht gut, sondern selbstzerstörerisch. Das musste man ihm nicht extra sagen. Aber in seinem Fall? War es nicht einfach nur eine lieb gewonnene Gewohnheit, von der er nicht lassen mochte? Sein Vater fiel ihm ein. *Gewohnheiten bringen uns um*. Das war einer seiner Wahlsprüche gewesen.

Das Gespräch wurde ihm lästig. Er wollte es beenden. Charlotte hinderte ihn daran.

»Saufen funktioniert nicht«, legte sie nach. »Das sollten Sie eigentlich längst begriffen haben, Chef.«

»Ihr herber Charme ist überaus bezaubernd, Fräulein Bakkens.«

»Gesülze hilft auch nicht, Herr Kriminaloberrat.«

»Und was hilft, Frau Kommissarin? Noch einen Löffel von Ihrer Weisheit und ich bin satt.«

»Arbeiten.« Ihr Ton war so, als müsse sie einem Kind sagen, es solle aufs Klo gehen, bevor es sich in die Hose pinkelte.

»Fleiß ist die Wurzel aller Hässlichkeit«, spöttelte Jung unverdrossen. »Das sagt Oscar Wilde, nicht ich.«

»Hören Sie doch auf damit. Sie sind nicht hässlich. Also könnten Sie ruhig mehr tun.«

Jung merkte, dass es ihr ernst war. Seine Neigung, sich darauf einzulassen, war gering.

»Vielen Dank. Aber das würde mich Kraft und Zeit kosten, die ich nicht habe«, antwortete er abweisend.

»Dann werden Sie eben kräftiger. Arbeiten Sie schneller.«

»Sie sind ziemlich naseweis«, verteidigte sich Jung.

»Habe ich Ihnen das nicht schon einmal gesagt?« Er drehte den Kopf ab und sah aus dem Kabinenfenster.

»Und Sie sind wehleidig.«

»Reden Sie mit Ihren Eltern auch so?«, wehrte er sich.

»Lassen Sie gefälligst meine Eltern aus dem Spiel. Die gehen Sie nichts an, absolut gar nichts.«

Charlottes Stimme war eisig. Die Schärfe darin war neu. Er wollte zu einer Entgegnung ansetzen, als die Bordsprechanlage den Anflug auf Köln ankündigte. Er klappte den Mund zu und sah angestrengt nach draußen. Unter ihm funkelten die Lichter menschlicher Zivilisation. Die kalte Leere füllte sich mehr und mehr mit vorbeifliegenden Wolkenfetzen. Es war, als stürzten sie ins Bodenlose. Er spürte seinen Puls in der Halsschlagader. Das war ihm, bis auf die wenigen Tage im Lazarett, noch nie passiert. »Mein Gott«, murmelte er lautlos, »wen hast du mir da nur geschickt.«

EPILOG

Als sie ins Restaurant stürmte, war sie außer Atem. Sie sah sich hektisch um und entdeckte Momme an einem Zweiertisch ganz hinten. Eigentlich saß sie lieber mittendrin, nicht so abseits, als müsste sie sich verstecken. Der Tisch stand am Fenster und gestattete einen Panoramablick über die Marina, die Segeljachten und die hübschen Häuser über dem Wasser, die auf der langen Pier aufgereiht standen wie bunte Bauklötze. Jenseits davon, hinüber nach Kollund und dem dänischen Ufer, präsentierte sich die Innenförde von ihrer allerschönsten Seite. Die Aussicht versöhnte sie mit der Wahl ihres Crewkameraden.

»Hallo, Momme. Toller Blick.«

»Hallo, Ellen. Schön, dass du da bist.« Er stand auf, gab ihr die Hand und schob ihr den Stuhl zurecht. Sie sah ihn amüsiert an.

»Entschuldige, ich hatte Jenny am Telefon. Es ist etwas später geworden.«

»Macht nichts. Möchtest du was trinken?«

»Na klar. Deswegen bin ich doch hier«, entgegnete sie lebhaft und lachte.

Er schwieg verlegen. Sie winkte den Kellner heran.

»Guten Abend, die Herrschaften. Was darf es sein?«

Momme zögerte und sah Ellen fragend an.

»Vorweg möchte ich ein Glas Prosecco«, sagte sie. »Und du?«

»Okay. Für mich dasselbe.«

Der Kellner verbeugte sich leicht und entfernte sich.

»Das gleiche, Momme.«

»Was?«

»Es heißt das gleiche, nicht dasselbe. Okay, wir sind ja nicht in der Schule.« Sie lachte. »Hast du schon rausgekriegt, was es heute Besonderes gibt?«

»Ich wollte auf dich warten. Der Spaghetti bringt gleich die Karte.«

Sie ignorierte seine Bemerkung und stellte trocken fest: »Es gibt ein paar Gerichte außerhalb der Karte. Sehr empfehlenswert.«

Er schwieg eingeschüchtert.

»Nicht so schlimm. Ich bin öfter hier. Soll ich für dich mitbestellen? Was magst du? Oder besser, was magst du absolut gar nicht?«

»Ich bin nicht wählerisch. Ich mag normalerweise alles.«

»Alles? Wirklich? Das ist ja abartig. Hast du keine Lieblingsspeise?«

Ellen schüttelte angeekelt den Kopf. Momme schwieg. »Ich für meine Person hasse Spinat und Kohl. In Schokoladenpudding mit Schlagsahne könnte ich mich reinsetzen. Meine Mutter macht immer Schokopudding, wenn ich zu Hause bin.«

Sie verunsicherte ihn. Ihm gefiel das nicht. Er spürte, wie ihm Schauer über den Rücken liefen.

»Was ist? Bist du immer so wortkarg?«, fragte sie nach einer Weile, während er wie abwesend aus dem Fenster starrte. Der Kellner kam mit den Getränken und der Speisekarte und erlöste ihn. Er hörte Ellen stumm zu, wie sie die Bestellung aufgab. Sie erledigte das so sicher und mit einer routinierten Freundlichkeit, als verdiene sie ihr Geld damit. Am Schluss hatte er überhaupt nicht mitbekommen, was sie bestellt hatte. Es war ihm egal. Er rettete sich, indem er zum Glas griff.

»Zum Wohl.«

»Zum Wohl, Momme. Auf die Seefahrt.«

»Was?«

»Auf die Seefahrt! Wir sind in ein paar Tagen auf See. Schon vergessen?«

»Ach so. Ja, natürlich.«

Sie tranken.

»Kennst du eigentlich die Verballhornung von SSS-Gorch Fock?«

Er wusste mit dem Wort Verballhornung nichts anzufangen und erwiderte: »Nee. Muss man das?«

»Sorgen-Seelen-Suff-Gorch Fock.« Sie lachte aus vollem Hals. Er lächelte verklemmt.

»Was ist denn los mit dir, Momme? Hast du keinen Humor? Hast du etwa Schiss?«

»Nein. Warum? Ellen, ich muss …«

»Ich freue mich riesig. Wenn ich das Wasser sehe

und die Segelboote, wie sie an der Pier dümpeln, dann bekomme ich Gänsehaut vor lauter Aufregung. Das wird ein Ding werden, das kannst du mir glauben. Davon werde ich meinen Enkelkindern noch erzählen.«

Er schwieg. Seine Beklemmung nahm zu. Wenn er an die Gorch Fock dachte, wurde ihm mulmig. Sein Vater wartete an Bord auf ihn. Er konnte ihn schlecht verleugnen. Das ging schon wegen des blöden Namens nicht. Am liebsten würde er an Land bleiben und später mit einer fremden Crew an Bord gehen.

»Momme, wenn du weiter so miesepetrig dasitzt, kann ich auch wieder gehen. Ich mach hier doch nicht den Alleinunterhalter.«

Sie klang verärgert. Er kam unter Druck. Was sollte er ihr sagen? Wie konnte er ihr klarmachen, was ihn bedrückte, ohne dass sie ihn weiter so verächtlich ansah? Sein Herz klopfte.

»Ellen, ich habe dich heute eingeladen, weil ich …«

»Von einer Einladung war gar nicht die Rede. Wenn ich mich richtig erinnere, dann …«

»Lass mich doch ausreden, bitte. Ich will sagen, dass …«

»Du willst etwas sagen. Das ist ja mal wirklich was Neues.«

»Ich wollte dich heute Abend gern wiedersehen und mit dir …«

»Mir schwant Übles.« Ellen verdrehte die Augen.

»Ich wollte dich eigentlich fragen, ob wir nicht morgen oder in den nächsten Tagen, die wir noch bevor …, also wann immer du willst, also ich wollte …«

Er verhaspelte sich und kam ins Stottern.

»Du willst mit mir was anfangen, stimmt's?«, fragte sie brutal.

»Du verstehst das nicht richtig. Ich …«

»Ich verstehe sehr gut«, unterbrach sie ihn ärgerlich. »Nee, mein Lieber, das läuft nicht. Ich habe nicht vor, einen Bubi ins Schlepptau zu nehmen. Such dir dafür 'ne andere.«

Das hatte ihr gerade noch gefehlt. Was bildete der Kerl sich eigentlich ein? Sie zögerte keine Sekunde, stand auf und eilte dem Ausgang zu. Es war ihr egal, wie er das fand. Sollte er sich mit dem Italiener herumschlagen. Dabei würde er etwas lernen können, das er dringend brauchte. Draußen rannte sie über die Straße zu ihrem Auto.

*

Ihr abrupter Aufbruch brachte ihn durcheinander. Er verfluchte seine Unbeholfenheit. Er hatte ein jämmerliches Bild abgegeben. Nach einer kurzen Denkpause sprang er in einem wilden Entschluss auf, riss ihre Jacke von der Stuhllehne und stürmte ins Freie. Er lief um den Pavillon herum und sah, wie sie vor den beiden bedrohlich aufragenden Wohntürmen vom Parkplatz rollte, auf die rechte Straßenseite wechselte und kräftig Gas gab.

»Ellen!«, schrie er und stürzte, mit der Jacke winkend, hinter ihr her.

*

Enttäuscht hielt er inne und ließ den Arm sinken. So hatte er sich den Abend nicht vorgestellt. Was sollte er jetzt tun? Vor ihm schlängelte sich die Promenade entlang der Förde in Richtung Klärwerk. Zur Rechten ragte der Anleger für die Wasserflugzeuge in die Förde. Er sah aus wie eine ins Meer geschüttete Buhne zum Schutz von Land und Leuten. Bei dem Gedanken lachte er bitter und sah sich Hilfe suchend um. Ein paar Schritte vor ihm stand eine Bank und er setzte sich. Die Füße ausgestreckt, die Arme über die Lehne gelegt, warf er den Kopf in den Nacken und starrte in den Abendhimmel.

Als es zu dunkeln begann, hatte er Tausende Fragen gestellt und Abertausende Antworten gefunden. Aber in seinem Kopf wollte sich keine Klarheit einstellen. Im Gegenteil. Irgendetwas lief schief in seinem Leben.

»Eh, Tiger. Geile Jacke, oder was?«

Er schrak aus seinen Gedanken hoch. Vor ihm standen zwei Jugendliche. Die Schirme ihrer Ballcaps standen ihnen quer von den Köpfen ab. Die Konturen ihrer Körper verschwanden in undefinierbaren und viel zu weiten Klamotten. Sie spielten mit einem Lederei, das sie lässig zwischen sich hin und her warfen. Wie albern, fuhr es ihm durch den Kopf.

»Hast recht. Echt heißes Teil. Hat Schotter gekostet! Was meinst du, Daddy cool?«

Was wollten diese Affen von ihm? Er nahm die Jacke und hielt sie auf seinem Schoß fest.

»Eh, Alter. Bist du taub oder was? Schon mal was von Russenmafia gehört, Mann?«

Als er weiter schwieg, setzten sie sich rechts und links neben ihn. Was konnte er tun? Hatte er eine Chance?

»Du redest wohl nicht mit jedem, was?«

»Macht euch vom Acker. Ich habe keinen Bock auf Idioten.« Er erhob sich, die Jacke fest im Griff.

»Krass. Er redet! Wie geil ist das denn! Tiger, hast du das gehört?«

»Echt krass, Mann. Echt ultrasüßer Affenarsch!«

Er erhob sich. Sie standen auf. Der Tiger griff nach der Jacke und versuchte, sie ihm aus der Hand zu reißen. Er leistete Widerstand. Sie machten Anstalten, ihn von den Beinen zu holen. Er krallte sich an der Jacke fest. Ihre absurde Brutalität machte ihn wütend. Er trat mit den Beinen nach ihnen. Das Gezerre wurde immer heftiger. Sie trieben ihn an seine Grenzen und machten ihn rasend. Urplötzlich ließen sie los. Er verlor die Balance und stolperte über die Pierkante. Entsetzt ließ er die Jacke fahren und versuchte, wild mit den Armen rudernd, irgendwo Halt zu finden. Vergeblich. Bevor ein Blitz sein Hirn zerriss, fragte er sich, warum er so lange festgehalten hatte.

*

Sie konnte keinen Schlaf finden, obwohl ihr die Müdigkeit in jedem einzelnen Knochen steckte und sie sich erschlagen fühlte wie noch nie zuvor in ihrem Leben. In zwei Stunden würde ihre Wache aufziehen. Die Hundewache. Auch das noch. Ihr Hirn arbeitete auf Hochtouren. Ihre Ruhelosigkeit quälte sie. Nur der Gedanke, dass sie heute Nacht in Sichtweite der Küste segeln würden, linderte ihre Qual. Sie würde sich mit dem Handy in ein Netz einwählen können. Das war eigentlich strengstens verboten, aber ihr Platz auf der Back war vor den Blicken der anderen geschützt. In der Dunkelheit hatte sie noch weniger zu befürchten. Sie musste mit ihrem Vater sprechen. Er würde zu jeder Stunde, auch nach Mitternacht, ans Telefon gehen. Sie war sich seiner sicher. Er würde das für sie regeln. Der Gedanke an ihn tröstete sie. Es wird alles wieder gut werden, machte sie sich Mut.

*

Sie kleidete sich geräuschlos an. Sie selbst hasste es, in den Ruhephasen von anderen gestört zu werden. Draußen blies ihr ein steifer Wind ins Gesicht. Sogar in ihrem winddichten Bordparka war ihr kalt. Ihr schwarzer Lederblouson fiel ihr ein. Wie gern hatte sie ihn getragen und wie wohl hatte sie sich immer in der Jacke gefühlt. Sie erschrak, als über ihr die Stagsegel in einer Windböe knallten. Sie zog den Reißverschluss bis unters Kinn und streifte die Kapuze über. Dann stapfte sie gegen den Wind nach achtern zum Wachstand. Der Niedergang zum Oberdeck war in der Dunkelheit schlecht zu sehen.

»Kadettin Schwarz meldet sich als ablösende Wache auf der Back«, rief sie dem Brückenoffizier zu. Sie hatte Mühe, sich gegen den Wind verständlich zu machen.

»Okay. Seien Sie vorsichtig!«, schrie der Offizier zurück. »Wir haben momentan Südwest sechs bis sieben und um die zwei Meter See. Der Wetterfrosch sagt, es wird noch etwas mehr werden. Wir lassen die Segel aber stehen. Beachten Sie die Melderoutine. Ich will keine Scherereien. Verstanden?«

»Verstanden, Herr Oberleutnant. Gibt es sonst noch was?«

»Backbord voraus ein Entgegenkommer. Gute Sicht. Kein Problem. Egal, melden Sie alles, was aufkommt. Alles klar?«

»Alles klar, Herr Oberleutnant. Melde mich ab auf die Back.«

»Okay. Gute Wache.«

»Gute Wache.«

Auf dem Niedergang zum Mitteldeck stolperte sie und musste sich am Handlauf festhalten. Das Schiff krängte und arbeitete in den Wellen. Zum Glück litt sie nicht an Seekrankheit.

»Kadettin Schwarz, überprüfen Sie, ob das Sprechfunkgerät ausreichend Power hat!«, schrie der Brückenoffizier ihr hinterher.

»Funkgerät überprüfen. Wird gemacht, Herr Oberleutnant.«

»Und melden Sie sofort, wenn ein Brecher einsteigt. Verstanden?«

»Verstanden, Herr Oberleutnant.«

Sie hangelte sich am Schanzkleid entlang nach vorn.

»Ist die Quakbox okay?«, schrie sie ihrem Wachvorgänger nach einer stummen Begrüßung ins Ohr.

»Heute gerade aufgeladen.«

»Gut. Was Wichtiges?«

»Sehr pustig. Backbord voraus ein Händler. Läuft schnell achteraus. Gute Sicht. Grobe See. Hier das Glas. Gute Wache.«

»Danke. Gute Ruh.«

Sie hängte sich das Fernglas um den Hals und steckte das Sprechfunkgerät in die Tasche ihrer Bordjacke. An der Ablaufbühne der Rettungsinseln fand sie Halt. Sie fühlte in der Tasche nach ihrem Handy, zog es heraus und startete die Netzsuche. Erfolgreich. Erleichtert lehnte sie sich zurück und ließ den Blick über die aufgewühlte See schweifen. Hier oben, auf der Luvseite, war es noch ungemütlicher und lauter als auf dem Mitteldeck. Gab es einen besseren Standort? Sie trippelte hinunter auf die Leeseite und lehnte sich an die Persenning der Ankerwinde. Sehr gut, dachte sie. Hier konnte sie bleiben. Der Platz war vom Brückenoffizier nicht einzusehen, selbst wenn er Adleraugen gehabt hätte. Ich sollte vorher die erste Pflichtmeldung absetzen, überlegte sie. Nichts Außergewöhnliches. Grobe See, steifer Wind und Spritzwasser, mehr nicht. Durch das Glas war nichts zu sehen, was sie hätte melden müssen. Sie setzte es ab und gab sich ihren Gedanken hin. Wie würde sie sich am schnellsten der Hilfe ihres Vaters versichern können? Keine Plaudereien, knappe, konzentrierte Ansage, ruhig und bestimmt, sprach sie sich Mut zu. Bei dem herrschenden Wetter konnte sie ohnehin keine komplizierten Gespräche führen. Es musste schnell gehen.

»Brücke von Back. Kommen!«, meldete sie sich routinemäßig.

»Brücke hört.«

»Keine besonderen Vorkommnisse. Entgegenkommer achteraus. Keine weiteren Kontakte. Back klar.«

»Roger and over.«

»Roger and over.«

Sie steckte das Gerät zurück in die Tasche und holte ihr Handy hervor. Sie versuchte, eine Verbindung herzustellen. Auf dem Display las sie: Netz wird gesucht. Sie wartete. Eben hatte sie doch schon Kontakt gehabt, versuchte sie, sich zu beruhigen. Das Land lag an Steuerbordseite. Entfernung gut zehn Meilen. Sollte sie bei der Navigation noch einmal nachfragen? Quatsch! Sie verließ ihren Standort, stapfte das Deck hinauf zu den Rettungsinseln und nahm ihren alten Platz wieder ein. Das Handy war noch warm. Überrascht hörte sie durch den heulenden Wind, wie unten leise ein Schott zuschlug.

Hastig steckte sie das Gerät wieder weg und schwankte die paar Schritte zum Niedergang. Sie spähte angestrengt hinunter auf das Mitteldeck und den Kombüsentrakt. Ihre Augen hatten sich an die Dunkelheit gewöhnt. Es war nichts Verdächtiges zu entdecken. Da unten bewegte sich nichts. Sie hangelte sich zurück zu den Rettungsinseln und wartete ab. Gespannt horchte sie in die Nacht. Neben dem Jaulen des Windes, dem Getöse der Wellen und dem sporadischen Knallen der Segel in den Böen war nichts zu hören. Sie arbeitete sich weiter vor an die Reling und sah über das schäumende Meer in Richtung Küste. Der Platz war gut. Hier, im Schutz der Rettungsinseln, musste es klappen. Sie zog das Handy aus ihrer Jackentasche. Als das Schiff in der heranrollenden See angehoben wurde, funkelten am Horizont ein paar Lichter. Das musste Norderney sein, dachte sie sehnsuchtsvoll. Auf einmal spürte sie, wie sie an den Beinen gepackt und die Reling hochgeschoben wurde. Was sollte das? Wer war das? Warum hatte sie nichts gehört? Sie verlor das Gleichgewicht. Voller Entsetzen riss sie den Kopf herum und glaubte, in der Dunkelheit das fahle Antlitz Bastians zu erkennen. Ein wilder Schrei entfuhr ihrer Kehle. Als sie ins Wasser eintauchte, war ihr, als setze ihr Herz aus. Panik überfiel sie. Sie schlug in der aufgewühlten See mit Armen und Beinen um sich. Das Schlimmste waren das ätzende Salzwasser, das ihr unaufhaltsam in die Nase, in den Mund und in die Augen drang, und die schockierende Kälte, die ihr den Atem nahm, die ihre

Beine und Arme erstarren ließ, von ihrem Körper Besitz ergriff, ihm alle Wärme und Lebendigkeit raubte. Ihre Kräfte verließen sie schnell.

ENDE

Unsere Lesermagazine

2 x jährlich das Neueste aus der Gmeiner-Bibliothek

24 x 35 cm, 32 S., farbig; inkl. Büchermagazin »nicht nur« für Frauen

10 x 18 cm, 16 S., farbig

Alle Lesermagazine erhalten Sie in Ihrer Buchhandlung oder unter www.gmeiner-verlag.de.

GmeinerNewsletter

Neues aus der Welt der Gmeiner-Romane

Haben Sie schon unsere GmeinerNewsletter abonniert?

Monatlich erhalten Sie per E-Mail aktuelle Informationen aus der Welt der Krimis, der historischen Romane und der Frauenromane: Buchtipps, Berichte über Autoren und ihre Arbeit, Veranstaltungshinweise, neue Literaturseiten im Internet und interessante Neuigkeiten.

Die Anmeldung zu den GmeinerNewslettern ist ganz einfach. Direkt auf der Homepage des Gmeiner-Verlags (www.gmeiner-verlag.de) finden Sie das entsprechende Anmeldeformular.

Ihre Meinung ist gefragt!

Mitmachen und gewinnen

Wir möchten Ihnen mit unseren Romanen immer beste Unterhaltung bieten. Sie können uns dabei unterstützen, indem Sie uns Ihre Meinung zu den Gmeiner-Romanen sagen! Senden Sie eine E-Mail an gewinnspiel@gmeiner-verlag.de und teilen Sie uns mit, welches Buch Sie gelesen haben und wie es Ihnen gefallen hat. Alle Einsendungen nehmen automatisch am großen Jahresgewinnspiel mit attraktiven Buchpreisen teil.

GMEINER

Wir machen's spannend